星光下 蒲团上

陈毓 著
CHENYU WORK

与文学名家对话·中国当代获奖作家作品联展

高长梅 王培静◎主编

花山文艺出版社

图书在版编目(CIP)数据

星光下，蒲团上 / 陈毓著. – 石家庄：花山文艺出版社，
2013.7(2021.6 重印)

(与文学名家对话:中国当代获奖作家作品联展 / 高长
梅, 王培静主编)

ISBN 978-7-5511-1280-2

Ⅰ.①星… Ⅱ.①陈… Ⅲ.①散文集 – 中国 – 当代
Ⅳ.①I247.5

中国版本图书馆 CIP 数据核字(2013)第 153913 号

丛 书 名：与文学名家对话:中国当代获奖作家作品联展

主 　编：高长梅　王培静

书 　名：**星光下，蒲团上**

作 　者：陈 　毓

策 　划：张采鑫

责任编辑：郝卫国

责任校对：齐 　欣

特约编辑：李文生

全案设计：北京九洲鼎图书有限公司

出版发行：花山文艺出版社(邮政编码:050061)
　　　　　(河北省石家庄市友谊北大街 330 号)

销售热线：0311-88643221

传 　真：0311-88643234

印 　刷：永清县晔盛亚胶印有限公司

经 　销：新华书店

开 　本：710×1000　1/16

字 　数：165 千字

印 　张：12.5

版 　次：2013 年 8 月第 1 版
　　　　　2021 年 6 月第 2 次印刷

书 　号：ISBN 978-7-5511-1280-2

定 　价：39.90 元

C目录
ONTENTS

I

C 目 录
ONTENTS

C目录
CONTENTS

第三辑
印象·他们

C目录
CONTENTS

C目录
CONTENTS

第四辑
家园

C目录
CONTENTS

第一辑

星光下，蒲团上

|谁在石头上说话|

　　石头，到处都是石头。地球上的石头都集合到这里了吗？今天看贺兰山，仍然无法想象，是怎样的一场山崩地裂，塑造了眼前这片惊心动魄，参差巍峨的山？女娲补天的石头一定是取自这里的吧？那走来渺渺真人荒荒道士的无路之路，也一定隐匿在这大片的石罅间？让愤怒的共工决然以头相撞的，也只有这样的山能与之配。

　　这是八月。我走到了贺兰山口。走在石左、石右、石前、石后、石下、石上。太阳出来，又隐没，雾罩过来了，又散逸去。路始终傍依着一条水声叮咚的河，山如俊逸的男人，河却像他眼眸中一抹难以掩饰的笑纹。叮咚之声，是好男人遇见好女人时合奏的鸣响吧。河穿过《诗经》流到今天，依然清且涟漪。这是旷古的阴阳守望。

　　即便是最细的风，在经过山口的时候都会改了性情，是风的翅膀碰到沾染了尘埃的征衣？闪耀寒光的剑戟？还是让山岳潜形的哀哀的画角声？

　　很多人如我，记住贺兰山的名字，大概源于岳飞的《满江红·怒发冲冠》中那句"驾长车，踏破贺兰山缺"。

　　把战争放在这样的背景下，战争会酷烈到极点。岳飞在幻想的胜利里呼喊"踏破贺兰山缺"。但是现实里的贺兰山不动声色地横亘在那里，让岳将军的壮志与豪情最终化作梦回时的一声长叹。

　　这里滋生豪情，同时生长叹息。比如："三十功名尘与土，八千里路云和月。莫等闲，白了少年头，空悲切。"又如："可怜无定河边骨，犹是春闺梦里人。"再如："十五从军行，八十始得归。道逢乡里人：'家中有阿谁？''遥看是君家，松柏冢累累。'"

除了长石头，贺兰山还长盐、长煤。那是些表面冷硬、本质温暖的物质，它们长力气，生柔软。当猎猎的风把人的衣角吹冷，那感到冷的身体里有颗怦怦跳动的渴望温暖的心。那心会遥望会想念。有想念驻扎的心是不是更孤单更寂寞啊？寂寞的心渴望倾听渴望倾诉。但是，只有日升月落是常见的。太阳升了，又落，月亮圆了，又缺。目光望不穿望不尽的，终是这无边无际的沉默的石头。

无处倾诉的心会越来越虚幻，于是人把心思倾吐给石头。人在石头上画画，在石头上说话。人画下马、牛、羊、鹿。人还画下一只长颈粗尾的怪兽，那是他的偶然所见，因此他的画作里有惊讶的夸张，又有无意说出的暗暗的欢喜。

现在我看见这些在石头上长存不死的牛、马、羊、鹿，它们稚拙的眼神，动静各异，惹人遐思。它们经历了长久风雨的冲刷洗礼，有些隐约，如石头上长出的一般，像石心里开出的花朵。我还看见人的行动，一幅出行图：一个人谦恭地牵着马，马上的人神态威严。还有舞蹈的人，相爱的人，祭祀祈福的人……隔着遥远距离无边的时空，我的心意能否回到那作画人最初的原点上？山风时猛时缓，耳边水声潺潺。我站在贺兰山东麓的石头的世界里。

据说贺兰山在蒙语里的意思是"骏马"，名副其实。那些和自然贴近的民族，他们的语言总能精准地抵近事物的本质。

贺兰山位于银川近郊，整个山势呈东北——西南走向。这是我在地理书上获得的知识。我在来时的飞机上看见金黄沙漠，也看见毗邻沙漠的碧绿稻田，我惊讶这种对比的鲜明，少见多怪地以为这可能是只有在银川才能见到的情景。黄河水能灌溉到的地方生长良田，水流不到的高处生长沙漠，沙漠在八

月的艳阳里金黄灿烂，田地里，稻子正扬花，空气中无处不有稻谷的香。

野阔低平树。我重复前人的感叹。一切于我都是陌生与新鲜。我把黎明前在地平线上翻卷的云雾误当成奔来的黄河。走近长城墩台聆听古老的风语。让裸脚深陷沙窝，去体验一棵植根沙漠的树的感觉。学会用滚烫的沙子烤熟一窝焦黄的土豆。知道饿了渴了怎么就地取食。感动于不动声色的沙漠暗藏着怎样的激情与生机，对生于斯的人来说，他是厚朴仗义，你给他滴水，他回你涌泉。刹那即是永恒。我说，让我铭记，让我感恩。

但是，一定有些表达是难表言语的吧，如那在石上画画的人，在刻石铭心的那一瞬，他一定面对着心中的敬畏，他的欢喜与惊讶，他的无力言说，他的言之不尽。他选择沉默低头，面对一块石头，他在石头上刻下他如莲开花的心思。他尊重他的心思，如尊神明。他画神。神环眼圆睛，神在高处，神的脸如太阳，太阳光照大地，普照万物，使人间春暖花开。他还画下日常生活之美，你看早上走出圈舍去吃草喝水的羊多么安详，两只打仗的鹿与其说是战争，不如说是游戏，万物开花，愿人的世界风调雨顺。他接着又画下心中那张让他想起就抿不住嘴角笑意的脸，还有那人的手，他一一刻画出记忆里的画面，他在一块石头上完成自己的倾诉，然后安心离去。他没有想到，沉默的石头会在某一天开口说话，每一个句式都如镜花水月般，明了又模糊。

亲爱的，我想对你说，抵达是我面向你的姿态，你在的地方就是我的方向。如果可能，请你给我一块石头吧。我想在石上作画，画下我对你的那些曲折难及核心的表达。我愿意去信赖一块沉默的石头。然后把一切托付给时间。

如果我沉默着对你，那只是我拙于表达。但是，我知道，你一定是明白我的心的。

|星光下，蒲团上|

1

偶然的，我们这群来自各地的人一起走到这个夜晚的边沿。

河南登封。暮春的一个傍晚。白天匆匆收稍，仿佛是为幽暗里那即将启幕的生动让开身子。

我在一张照片上看见夜的颜色和风的形状。不知谁拍下我和新加坡来的朵拉。照片上的我们，长裙和头发张扬如飞，闪光灯的光很近地打到脸上，这使我俩的眉眼极像是用2B铅笔画在白纸上的，两人笑容一致，嘴巴都是上弦月的形状。嵩山的一段山影朦胧，一角如画的飞檐倒极清晰。现在回想，照片可能是在音乐大典开场前匆忙拍下的。

去郑州参加金麻雀颁奖典礼，会议之一项就是去登封看《禅宗少林音乐大典》。

我必须说观看的形式：坐看。我直接想到一句诗：坐看云起时。松木墩子上置蒲团，我们坐在蒲团上。

顺便说时间和环境：星空下。嵩山某个开阔的山谷间。180度的视阈都是演出的舞台。观者似乎也是演出的一部分。

看什么呢？看天，天上月出东山月徘徊；人间，舞榭歌台，春花秋月何时了；时间深处，逝者如斯，滴水穿石，高僧打坐在木鱼声中，年轻的和尚在溪边以掌劈水；人间场景，风送荷香，莲动渔舟出，采莲女在傍晚

归来……

佛说，禅是一枝花。我说禅是木鱼的叩问，是山中柴门边那人仰头的一望，是蝴蝶落在禅师紧闭的眼皮上，是一条河边羊在喝水，村女浣衣，挑水的年轻和尚刚刚归去，身后，谁家的小狗跟了他几步，迟疑，终于向着别的方向去了……

"空山新雨后，天气晚来秋。明月松间照，清泉石上流。"这该是我们这会儿吟诵的吧。除了风送来山林、溪流的气息，我闻得见萦绕身边的一缕缕松香气。此身正在这星光下，蒲团上。

要描述观感是难的，那本身是一场顾念了眼、耳、鼻、心、身的一场视听嗅觉的演出。那是唐诗的华丽盛放，是宋词的清婉写意，它还有元曲的市井，更有小说的江湖。

2

贾岛在一个月夜归来，踩着满地斑驳的树影和叠在其上的自己细弱的身影，诗人的右手伸出，在指尖碰触柴门的一瞬，他沉吟了，这手的一伸，是推门合适，还是敲门恰好？在"推"与"敲"之间，有多少人，磨过了一生时光？

3

《空谷幽兰》是一个美国人写的一本关于中国隐士的书。作者比尔·波特万里而来，寻访隐身于终南山绵延群山中一座座茅棚中的中国隐士。

我对书中比尔对那些他遇见的隐士的访谈格外关注，他们的谈话涉及隐士日常的起居、饮食、课业以及对修行终极意义的叩问。有段对话如下：

比尔·波特：据我所知，道教很多高深的教导都是秘密的，而且只传给有限的几个弟子？

任法融（楼观台道长）：某种程度上是。一个道教师傅收了一个徒弟，在他把自己所知道的一切事情都传授给徒弟之前，可能会考验他几十年。而很少有徒弟有这种毅力。

这样的考验在我看到过的禅宗故事里屡屡出现。师傅点化徒儿的方式多种多样，当然有考验过关禅缘深广的，中途自败了的，记录寥落，大概是悄悄回归俗人世界过俗人的俗日子去了吧。

读到这段话时，我无端想起阿来在他的《大地的阶梯》中写下的，川西某寺庙里一个年轻喇嘛对他说的一段话。当时年轻的喇嘛送访问寺庙出来的阿来到大门口，夕阳正自沉落，山川一派辉煌，望着眼前景，那个年轻喇嘛感慨万端，却又仿佛自言自语地说：我从师傅那里获得的，还不如我从这些群山里看见的多呢！你看这些山，它们一列列地伸向天边，仿佛大地的阶梯，迟早有一天，我的灵魂会顺着这些台阶，上到天上去。阿来引用这句话，解释自己那本书名的渊源。我的俗心，却在那段文字里，感到刻骨的寂寞和惆怅。

比尔·波特：道教修行的目标是什么呢？

任法融：人的本性和天的本性是一致的。天生万物，而万物都朝不同的方向运化。但是迟早它们会回归于同一个地方。这个宇宙的目标，它的最高目标，就是"无"。"无"的意思就是回归。"无"是道之体，不仅人，动植物和一切生物都是这个"无"之体的一部分。宇宙间再没有第二个东西，证实这一点，不仅是道教的目标，也是佛教的目标。世上的一切都在变化。道教徒和佛教徒寻求的是不变的东西。这就是他们不追求名利的原因。他们寻求的只是"道"，就是我们生于斯、回归于斯的那个"无"。我们的目标就是与这个自然的过程融为一体。

虚云和尚在他的《虚云和尚年谱》里记录了自己在终南山修行的一件事，我读着，最觉有意趣："岁行尽矣，万山积雪，严寒彻骨，予独居茅棚中，身心清静。　口，煮芋釜中，跏趺待熟，不觉定去……"这一定，中间是多大的间歇？神出到几万里外去了呢？"山中邻棚复成师等，讶予久不至，来茅蓬贺年，见蓬外虎迹遍满，无人足迹。入视，见予在定中，乃以磬开静。问曰：'已食否？'曰：'未，芋在釜，度已熟矣！'发视之，已霉高寸许，坚冰如石。"这段记叙生动如小说。在虚云一生漫长的修行中，他从一座寺庙到另一座寺庙，每一次出发都是为寻找更为幽僻更适合修行的地方，直到最后他在江西云居山圆寂，享年一百二十岁。在那么漫长的修行中，这样"跏趺而坐，不觉定去"的时刻一定不止一次出现过。那个神游身外的境界是否靠近于"无"呢？

这个"无"相对于常人，是一种怎样的境界？也许正是对这种"无"的终端追求，古往今来那些大隐士，留给这个喧嚣的世界的，顶多就是几段话，几首诗。那些话平朴，大概就是真僧只说家常话的一个例证。比如寒山问拾得："如果世间有人无端地诽谤我、欺负我、侮辱我、耻笑我、轻视我、鄙贱我、厌恶我、欺骗我，我要怎么做才好呢？"

拾得回答说："你不妨忍着他、谦让他、任由他、避开他、耐烦他、尊敬他、不要理会他，再过几年，你且看他。"这段话我更愿意理解为一个人磨璞成玉的过程。

4

终南山在这个城市的南边，天气晴朗的日子，就算处身城中，南望，淡蓝的山影也能清晰可见。住在城南的人，与它，那就是低头不见抬头见了。因为这个原因，我更喜欢我在城南的居所。

王维在《终南山》里描述这座山：太乙近天都，连山到海隅。白云回望合，青霭入看无。分野中峰变，阴晴众壑殊。欲投人处宿，隔水问樵夫 。诗人是很好的山水画家，每两句，就成一幅画。这些画幅，隔了两千年，还好好地张在那里，这有乐山先生的照片为证，他的这些照片拍摄于上个星期。

据说终南山是隐士的天堂。从古至今，那些隐逸之人沿着无径之径走向深山里的一座座茅棚。今天，人群中的我，只把每一次去终南山小坐当成星期天教徒去教堂望弥撒。我称那为终南山里的瑜伽。一面临水的平滑白石，一棵枝叶虬劲的老树下，与人对弈，或是用随身携带的酒精炉煮一壶茶饮。或是打坐在一块毯子上，初时还能听见落花落果掉落下来的声音，泉水与溪流的声音，后来却是物我两忘。忘却如睡，如死，如消失。却又醒来了。醒来，只见眼前一片云雾刚要飘过那个矮山头，又一片更大的云雾正自另一面树林边升起，聚合成形状，漫过来了。只在此山中，云深不知处。相对于山，人如漂在水皮子上的一朵细小落花，甚至不如落花，因为人会惊讶，欢喜，以及浮在这惊讶欢喜之上的空茫与无知。

在路上，也邂逅过要去白云深处采药的采药人，去外面买米面归来正要回高山之巅茅棚中的年轻道人。在这一条和那一条毛毛小道上，我们短暂相逢，擦肩而过，相忘于后来的路上。

在《空谷幽兰》里，比尔·波特多次提到隐士们对他说，某某山现在已经不是修行的好去处了，因为络绎不绝的游客的光临，他们要和游人带来的喧嚣对抗。这样一来，这一次在某一座茅棚里访问过的隐士，等他不久再去时，却见人去棚空，问别的隐士，说是嫌吵闹，搬去更高更深更僻静的山里去了。仰望隐士消隐的那座山峰，只会使你头上的帽子掉落在身后的草丛中。

5

要想真正了解那些远离尘世的修行者，在有些时候是难的。因为他们"离"的状态是全面、彻底、了断无牵挂的。对我们很多人，难于实践，不

能企及。我们有我们的日子要过。我如果连续两天没有在女儿的敲门声中应声去开门，没有在恰当时分把合适的、变化多样的晚餐端上饭桌，我会问责自己。这一问，就算我快乐着，这快乐一瞬间统统有了缺陷。

但是，在任何地方都能找到一面打坐的蒲团吧。在任何一个可能的片刻，寻找到一刹那一刹那的物我两忘。这是我的修行方式。隐士得到一生修行的开悟时刻，高僧大德得到舍利子。我得到一刹那一刹那心灵的灿烂与静好。

6

最近这一次去终南山下，我跟一个山脚边收白菜的农民说，你这边的山上有没有修行的人？

咋没有？有。上一星期，山上的一个老道士病了，年轻些的下山去找药，路过这里我看见了。后来老的死了，年轻的也就下山去了。那个收菜的半老男人很认真地跟我说。

但是，肯定还有人要去终南山修行。他们中有道士、道姑、和尚、尼姑，也有刚刚毕业于佛学院和大学中文系的学生。

在云中，在松下，在尘嚣外，一片菜地，几株树木，过简单到不能再简单的生活，渴望如水的时间能淘走现世的负累，使肉身羽化，灵魂轻扬，这真是所有修行者的终极目标吗？

如果你在古老长寿的终南山里待过一段时间，哪怕重返人间。无论你往后怎么生活，你都将有一段难忘的珍贵记忆，这经历会深深影响你。我在山下一个晴朗的午后，眺望终南山，做如斯想。

|醉 花 阴|

离开些日子，归来开门，有满室香气扑上来迎接，心里诧异。察看了，却是窗边不久前新买的茉莉开了。想这花是有主见的、恣意的吧。

某天门响，应声去开，门外站着穆君，脚边站一盆花，见我，只问，你要这花不？要了给你。以为穆君无空养花，嫌花麻烦，但我却是喜欢。立即说，要。花有些蔫萎，有些呆，完全是不被待见该有的相貌。准是渴着了，给花浇水，似乎能听见它咕咕痛饮的声音。两三天之后，花旺起来，细密的叶子绿中透着亮光，我躺在床上，见它撑一片如云如伞的绿在窗边的那片亮光里。觉得这花厚朴。不久，花枝叶间，爆出一片片米粒大小的鹅黄花蕾，却有沁人心脾、醒人头脑的香，去书上查了，才知道这就是米兰，才知道米兰的芳香是如此的。这花开花勤，一年中不开花的日子似乎不多，即便不开花，枝叶也有淡淡香气。只要清水，就能旺长。某天穆君来问事，看见这花，惊讶说，是那盆花吗？竟长得这么大，这么好看？像是看见女孩儿女大十八变似的惊讶，很想问穆君当初为什么弃了这花，忍住了。

花木市场离单位不远，偶尔的午饭后，会去那里散步。里面的花多不胜数，挤挤挨挨在如此潮闷的地方，却长得如此地旺盛喜人，就想那些人才是懂得养花的吧。因为喜欢的多，反倒常常空手走，因为踟蹰不知该选谁好，这有点像大观园里的宝兄弟，只要遇见可人怜的、聪颖敏慧的女孩子，就都姐姐妹妹地生出依恋，只是掉过头去，也就放下了。留恋时的心是真的，忘

了也是真的。

兰花的价格在那里没个准，数万元一盆的有，几十块钱一盆的也有。一盆并不觉得有多么与众不同的，标价竟数万元，另一盆看不出哪里不好的，却只要几十块钱。大概在花的外行看花，如人群里的人彼此打量，常人和非常人的区别，有时候陌生了，外在了，是看不大明白的吧。我就买了盆兰花，五十块钱。卖花人告诉我它是兰中的阿谁，但我终究忘了。买来不久花即抽穗两枝，香气只在夜阑人静或是晨曦微露时分显著、能轻易闻得，花开了近一月，尔后两枝兰穗抱死在兰叶间，我没有剪掉花穗。把兰移至窗台，适当的光影，越发衬得这兰卓尔不凡，像是从《芥子园画谱》中搬出来的一般。

夜里看了电影，走过天桥回家，遇见三个男孩子蹲在桥上，面前是一盆盆大大小小的盆花，忽想起早间同事在办公室里说起自家今年高考结束的儿子，约了同学一起去批发市场批来小物件夜里去街上练摊，同事的儿子第一晚赚了二十元，就和一同练摊的同学把平生赚来的第一笔钱凑份子喝啤酒以示庆祝。说这话的同事是开心的。我在一个男孩子面前蹲下，指着一盆花问男孩花的名字，回答说是滴水观音，我又问价，男孩答，不换盆是十二块，换个瓷盆子是十七块。我挑了一个上面有太阳花纹饰的瓷盆，说，你帮我换上瓷盆，就给你十七块。不知道那是那孩子卖出的第几盆花，但看得出他为顺利成交高兴。

这盆滴水观音现在也在我的阳台上，看来换盆没有影响花的生长，和刚来时比，好像有一层新绿长出来覆在老绿之上。越发显得勃勃的。滴水观音这名字，不知当初是怎么得来的，这么好听，有意味。

我家所在的这片小区园子倒多，前后左右算起来，实在可以种很多花木。但是种什么不种什么，却不能由住在这里的人定。几年过去，看着一天天长大起来的树，有了型的花，觉得管护这园子的人的眼光倒也不甚俗。有合欢、丁香、紫薇、无花果、女贞、垂柳、雪松，甚至桃花杏花，也各有一株两株。小区生长最多的，是枇杷树，看着枇杷日渐高茂，开花结果，才纠正了我枇杷是南方物种，只适合类似我老家那样温润的地方生长的偏见。大门边的两株枇杷转眼长大，天寒地冻的腊月下雪天气，枇杷却顶出满枝蕾，一嘟噜一嘟噜的，花蕾似乎被北风吹眯着眼，忍住不开，但心里终究是欣欣然的吧。正月稍暖，蕾就急不可耐地在阳光中噼啪着朵朵打开，全然不在乎融融的淡黄的花朵边上，积雪正在滴嗒着消融。有些果木在花期盛放时最怕骤冷，遭了风欺雪逼，到头来落得个华而不实。枇杷是个例外。枇杷的花期似乎长，记得冰雪天它开花的样子，记忆里也似乎看见过它的花引来蜜蜂嗡嗡吵闹的情景。嫩绿的累累果子是什么时候代替了累累的花，真是说不清。果子一天天退了绿，添了黄，某一天，全然是金黄麦子的颜色了。那时正是麦鸟紧叫、麦香四溢的金黄季节。我吃枇杷的记忆总是伴着麦鸟的叫声，是和麦子的焦香气混在一起的。

有天深夜归来，婆娑灯影中，枇杷果实累累的样子看得分明，见我打身边过，悄声笑闹，乱纷纷地给我抛着媚眼。忘记了古人所谓瓜田李下的训诫，我踮步上前，隔着铁花栅栏，够两个枇杷在手。尝过之后，却又把枇杷还是适合南方生长的识见校转过来，这边的枇杷核大，味淡，淡至无味，哪像我老家那一带生长的枇杷，甜中微酸，甘美芳醇，醇厚耐回味可比的！

张爱玲说过，人生有三恨，其一恨即是海棠无香。又有有心人，细读古人诗句，考证出在古代，四川曾有过香海棠。不光花色洒脱绚烂，花气也极芬芳。有诗为证："四海应无蜀海棠，一时开处一城香。"写这诗的是唐代曾在四川嘉州做刺史的薛能。宋代的张长民，在其《海棠记》里说海棠的香："其香清酷，不兰不麝。"今天怎的就没了香海棠，想来也不怪，没了的，又不光是个香海棠。以我看，"不兰不麝"的"清酷"的香，在今天海棠的花叶枝杈间，也略有所闻。尤其是海棠着露、着微微细雨时，其"清"越见分明。

海棠、紫竹、芭蕉、木槿一直是我深爱的，觉得园中若是有了这几种植物，这园就耐看，耐游。从前随父母住，这些植物布局得当地长在那个园子

里，给我很深的记忆。虽没像东坡大人"唯恐夜深花睡去，故烧高烛照红妆"那般深情地对海棠，但却也有平常人的家常喜欢，给花时时浇水，给花围栅栏，怕它秋寒寂寥，就在旁边种菊，让她们互为厮守。紫竹、芭蕉都试过在盆里栽，只是长势不好，零落和憔悴是眼见的，看着它们在盆子的局促天地里受煎熬，心有大不忍，赶紧把它们重归园中，放一条敞亮的生路去了。

两 个 老 人

我外公看一盅酒的眼神，一个字形容：贪。准酒鬼这词，送给他，我看合适。

酒醉心里明，这话大概是真的，要不酒醉后摇摇晃晃，站脚不稳的我外公，怎能准确找到我的学校，站在我的教室门口，直声呼喊我的小名？

渴望有个地洞钻，就是我那会儿看见这样一个外公的心情。羞耻、愤怒、惊慌、厌恶……综合着我的心境。

我的班主任，故意装模作样地问：这是谁的家长啊？请站起来认领！我的羞愤抵到墙角了，我须得快速站起，冲出教室，跑向外面，耳朵依然躲不掉猛追上来的哄笑声，同学哈哈笑，老师呵呵笑，最后只剩下我那沉陷在酒精中的外公嘶哑的、咬字不清的呼喊声：你跑恁快我怎赶得上？你这昧良心的女女，嫌我给你丢脸了！忘了我疼你？

我终于停步，等他。看着他几欲倒地，又歪斜着努力站稳，终于还是扑趴在地上了。大雨过后依然细雨如诉的积水的地面，他不顾泥水，挣扎而起，终归没能把自己撑起来，让我无端联想起朱自清的《父亲》，那个爬在栏杆上难以越过的笨胖的身躯，一样的不雅，难堪。我忍着气，走过去，半拽半拖地把眼前这个瘦小的老头拎起来，让他的重量放到我的一个肩上，驾着的感觉，我一瞬间就懂了。

我努力协调他的醉步，否则还得回到原点上。我现在只能理智些，把他早点带回家，交给我外婆。走出学校操场，是一段煤渣铺成的窄马路，不再积水难行。行人寥落，我庆幸我们别扭的行走没谁在意。

煤渣小路穿过绵延的玉米地，纷披的玉米叶子在雨中像披着蓑衣的人，显出寒冷萧索的样子。现在是中午，若是晚上，走在这样的路上，需要点胆量。我外公也是这么想的吧，反正只要轮到我值周，我晚归走到这条路上，在小路一端的入口，准有外公在等我。知道我放学晚，我外公会多走两里地，等在煤渣路的一端，远远看见一个黑影子，烟袋锅的火星一明一灭，那火星是属于我外公的。

猛然出现心中的这个黑影子在这一刻平息了我心中的恼意，我平定情绪，努力忍受外公的酒气，慢慢地扶着他走上河桥，过了桥，就到家了。我带外公停在桥栏上，托扶着他的手臂，使他无力的双腿得到休息，看着河里翻腾的浑黄的河水，低头看软弱的外公的脸，想，这一刻没我，外公也许会掉进河里淹死。一个念头堵在心中：为什么外公总要喝醉呢？

外公每次进城必要喝醉，每次酒醒后都跟外婆解释：遇见以前店里的老伙计了，哪有不醉的理！

以前外公是开染坊的，在城里，前店后作坊，很是风光了些日子，据说美妾都娶了一个。我有次大胆问外公美妾的往事，心怀了挨耳光的准备，不料他倒洒脱：哪里是妾？是正房！不会生养嘛，才被家里逼迫着休了嘛。

休了前妻的外公娶了方圆几十里闻名的程先生的女儿。程先生的女儿就是

我现在的外婆，这会儿她坐在干燥的炕头，见我掮着酒气熏熏的外公回来，一点不抱怨，笑眯眯地：死老头子又喝醉了！进城就喝醉！喝醉就辛苦我女女！外婆赶两步把外公接过去，帮外公脱鞋抹袜，扶外公躺平，热水袋子也暖在外公脚下了。嘱咐都小声，说，睡一觉就好了。女女你也去喝杯水，劳累你了。

外婆这时候点着她那双残脚，不紧不忙地去给外公生火做饭了。永远是姜丝萝卜丝豆腐丝白菜丝的疙瘩汤。外婆说，喝醉的人睡醒后喝上一碗这面汤，不伤胃，不烧心，清醒得快。

说起远近闻名的程先生的女儿，闻名的理由就是他那个先生爹不准她缠脚，外婆的母亲缠一次，外婆的父亲喝令放一次，三缠三放之后，我外婆的脚彻底残了。外婆一生都认为一个携带着一双大脚的女人，且是半残的脚，连天足都称不上，这个女人就是丑女人。当年嫁不出去的我外婆打好了当一辈子老处女的准备，没料想休了不会生养的媳妇的我外公来娶她。即便自己从城里嫁到了山里，心里却是感激的。这感激嫁接在另一个女人的痛苦上，使得我外婆觉得她的感激需要噤声。

被外公休了的女人后来占有了外公的染坊，这是外公的赔偿，所以我外公每次进城都醉，我外婆总以为是外公的良心逼迫外公醉酒，所以外婆从不拦挡外公进城，不阻挡外公喝酒。

等后来孩子们长大了，外公外婆弃了山里的老屋，搬到川道来住。我外婆甚至把自己变成了外公的陪同，外公喝酒的时候也给外婆倒半杯。老头一杯，老太半杯，我这两个祖先半辈子的早上都是这样开始的。早、中、晚各一杯酒，不知从哪天起，成为我外公保持到老的生活习惯。

尽管喝了一生酒，我外公却说自己辨不出酒好酒坏。给他好酒喝，他自己说糟蹋了酒，说啥酒在他嘴里也只是个辣。只要便宜的酒。散的苞谷酒正合他的意思。要是嫌花钱少心里过意不去就买西凤大曲，四块钱，够了。我外公嘱咐给他送酒的晚辈。

西凤大曲在相当长的时间都是我们去看外公的必有礼物。

直到外公去世那天，外公床后的酒积攒了满满一箱。外婆说，酒还放在那里，她每天喝半杯，看看这酒还能折去几瓶？

外公走的前一天晚上，外婆梦见外公给她说话，嘱咐她叫孩子们在他新屋前栽迎春花，外婆梦中答应了外公，就走出了梦境。枕上纳闷，想，外公在哪里有了新屋？只听见脚下一声紧似一声的我外公的呼吸声。外公晚年患有哮喘，外婆惊慌地爬过去看，就见外公给她眨巴眼睛，头一歪，去了。

外公是八十四岁去的。外婆说，七十三，八十四，阎王不叫自己去。你们都别嚎，我明年也要去的。大家算一算，外婆这年正好七十二岁。

外婆如她预言的那样，果然在满七十三岁的那年去了，从容，如归。老姨早已招呼几个舅娘帮她裁缝好了。外婆是在腊月天去世的，送她去墓地的人都看见外公外婆坟头的迎春竟然爆出了星星点点的黄，温暖着送葬人的眼。走在黑漆漆的人群里，我第一次觉得，死亡原来也有温暖的意味。

我回忆外婆说话的神情，外婆说，七十三，八十四，阎王不叫自己去。你们不准嚎。

静默着送外婆，这是我们能够给予逝者的尊重。

|端 午 吉 祥|

1

"绿杨带雨垂垂重，五色新丝缠角粽。"古人写着的，正是眼前景。落雨的夜里归来，街角的花店里，往常插在红塑料桶里的红玫瑰和黄菊花今夜换成了翠绿的艾枝。我买了两把艾，俯首在艾的香气里回家。插艾在清水的陶罐里，它们是端午节我桌上的花。

母亲在电话里说，已托了人捎粽子过来。每年如此。母亲的粽子是槲叶儿包的。缠着粽身的是马莲或龙须草。叶子和绳都是芬芳的植物。芬芳的壳和芬芳的核。煮过粽子的水都是香的。粽子在端午前一天的下午煮，平平地码放在大铁锅里，大火煮沸改用文火，慢慢咕嘟一夜，第二天早上才能取出。粽子在清凉的早上出锅，热气吞脸。热豆腐，凉粽子。我觉得粽子温热着吃味最足。去绳剥壳，是长方的一块粽，豆烂米糯，从槲叶儿里黏黏地剥出来，斑斓的暖色调上偶尔染一片依稀的不规则的绿，那绿来自槲叶儿。用槲叶儿包的粽子，黄米白米红豆，即便红枣白莲，都能一一保持它们自己的芬芳和原味。真真味美。用煮粽子的水顺带煮带壳的鸡蛋，是鸡蛋最诗意最清芬的一种吃法。

但是，在母亲的粽子还没到来之前，我得先买一包米旗红沙的粽子聊备节日。毕竟这是我爱的，芬芳，清凉，洁净的端午节。

从今年开始，每年端午节都要放假一天。真好。

2

那年正月暖和，外公把院墙边的迎春分出一蓬，移栽到他和外婆的墓地。小姨在边上打趣外公：坟头栽迎春，您老也不担心后代花心？我拎锄头水桶，一心帮外公的忙，因为我相信外公做的一切都是美与自然的。正月我放飞的烟灯就出自外公之手，在新年第一次圆朗的清白的月亮地里，看着烟灯晃晃悠悠飞过对面如画的坡梁，淡淡的惆怅之后，心里驻下一分莫名的欢喜与盼望。正月初五破日的爆竹响在山坳里，总让我联想到杏花梨花在春天开放的情景。

我们已在腊月初八给果木喂过腊八粥了，喂树吃粥的时候嘴里要念叨：

树啊树啊我喂你，明年结得谷堆堆。那些抹在树干上的粥是不是被树吃下了，我们半信半疑，因为过了一夜，苹果树上的粥不见了，李树上的粥干巴巴地还在。

二月二的豆子在铁锅里噼叭响过，我们就踮着脚尖看向下一个节日，端午。

说起端午节，隔壁的二虎最得意，因为他在端午节和他二叔去了比邻的安康，在汉江上观看了龙舟比赛，那才叫热闹好看呢，二虎说。那么多的壮小伙把船拨弄得跟一枚树叶似的，鼓声震天，溅起水花如雪，抢向前面追赶船头的鸭子，胜者得到鸭子。为什么是鸭子而不是别的？二虎说，若是鱼，鱼入水就跑得没影子了，若是鸡，就给水淹死了。都不好玩，鸭子跑不快，却也不容易抓着，这竞技就有了意思。我想那时候看龙舟赛就如同现在看世界杯吧，有技术，有力量，有青春的美。

我没有一个可以带我去看龙舟赛的二叔，因此我很愿意去田垄地畔寻着几株艾、几株马莲，只待端午前一天早上，外公用弯月镰把它们割回来。外婆把马莲分成条，短的，要两条打结在一起，和洗净的槲叶放在一个大的木盆里。另外的盆子泡着江米、糯米、紫米、小米、花生、红豆……一切准备就绪，下午外婆开始包粽子了，槲叶为外包，江米、糯米、紫米、小米、红豆随心意组合。搭两片槲叶在左手心，右手捏取一撮米摊在叶子上，兜住叶子一边，再灌点米浆在叶包里，包成长方的一块，用马莲缠紧，放进大铁锅中，等粽子都包好了，加水漫过全部粽子，捂好锅盖开始蒸煮。清香的属于端午节的气息就慢慢弥漫了整个屋子。粽子从端午前的下午煮，大火煮沸水后改用文火，慢慢咕嘟一夜，直到灶膛里的薪炭燃尽。第二天早上，母亲给我们手腕上缠了用白、蓝、黑、红、黄五种丝线编成的绳子，嘱咐我们手绳要到夏季下大雨后才能脱掉。拴好了绳子才可以去吃粽子，粽子还是温的，去绳剥壳，是长方的一块粽，斑斓的米粒偶尔染一片依稀的绿，那绿来自槲叶儿。要是清洗叶子时用力狠了，就不会有那层绿。这是我反复琢磨过获知的。一块粽子，一只煮粽子时顺带煮熟的鸡蛋，外加一碗青笋叶子煮成的拌

汤，是我童年记忆中不变的端午节的早餐。

今年端午节前去了杭州。因为住在西湖边上，顺带游了西湖。看过岳坟，走过苏小小墓，走过白堤苏堤。西湖是一个和端午节相关的地方，法力深厚的白娘子也没能走出那个端午节，她在爱人的雄黄酒杯边现了蛇身。借助西湖山水实景上演的《印象西湖》就是根据白娘子和许仙的爱情故事改编的。平淡的开场与收尾，科技制造的辉煌与热闹不及一个遥远的传说，当灯暗下，只留喜多郎轻缈的音乐如不散的魂魄，在久远的西湖上从流飘荡。这是一个难以改编的故事，因为爱情从来都是在诞生的一刻就意味着消逝，能留下的，是曾经沧海难为水的感慨，是人生若只如初见的惆怅。传说被镇雷峰塔下的白娘子后来又走出来了，但是即便断桥又见，断桥边上又走过千千万万的温婉书生，许仙还能是许仙？她白素珍还能是当初的白素珍吗？

不管端午是为了纪念伍子胥、曹娥、还是屈原的，还是缘于远古时代从懵懂走向清晰的人对自然必有的敬与畏，总之都给这个节日赋予了点温情。由此衍生出来的种种，使人的日子变得有细节，可追忆。看看时令，毕竟端午节是在这万物都充满了丰沛生命力的五月啊。

插一把碧绿芬芳的艾枝在门框上，愿祛邪避毒如意。

山里的秘密

红豆杉和桫椤一样，都是地球上极其高龄的植物，都面临灭绝的境地，也都从某天起，被人类圈进他们的保护圈子，成为"受保护的，濒临灭绝的珍稀物种"。这情景想一想，不是喜乐的事。

红豆杉治病救人的故事在发现野生红豆杉的商山这一带流传，我问路边一个拾掇玉米的农妇，知道红豆杉不？咋不知道！可有名了！咋个有名？我接着问，能治病吗？她很肯定地回答。

来自科学家的话给了红豆杉科学的定义，这种"濒临灭绝的珍稀物种"因自身存在的抗癌因子，成为人类抗击癌症的新宠，但是新宠实在太老了，它赖以生存的环境早被人破坏，立足窘迫。一边是濒临灭绝，一边却是极其珍贵的药用价值，这种硬撑不下去的植物，生路何在？地球人能想到：人工种养。

人工种养的红豆杉我见过，在西安世博园区，就有专门辟出的红豆杉园圃，看见"红豆杉"三个字的时候，我停住脚步，多看一眼。但实在不起眼，像苗圃中刚长出来的杉树苗，又像常见的立于道路两边的侧柏。现在挤挤挨挨在一个个盆子里，撇开功利看，是真不起眼。

边上的牌子在诉说这树的好，说它还能吸收二氧化硫、二甲苯、甲醛等有害气体，具有净化空气的作用。人类真是的，说来说去，说一切事物的好与不好，全看对人类有用没用。这一眼看见的，依然功利。

把这感觉说给宋奇瑞，他说那是曼地亚红豆杉，是二十世纪末引进我国的杂交品种，才几十年的功夫，不一样。秦岭里的红豆杉，野生的，巨树！

你还是来看野生的。老宋说。他发来红豆杉果实的照片，艳红如小灯笼，神秘不可想象，他又说，红豆杉的果子是如何的甜如蜜。我也不可想象。

国庆节过了，老宋就差不多每周都催，问啥时候去山里尝红豆果？说树的主人去他那里打问我们的行程了。说成熟欲坠的红豆杉果子，每天都逗引两百只鸟雀来食，我想象那些羽毛光滑的美丽鸟儿，低头翘尾，在茂密的红豆杉树冠中，一粒粒啄食红豆果子的情景，真是比自己亲食红豆果还要甜蜜开心。

那是上帝后院中的秘密场景，美丽美好、自然而然。

我们去看红豆杉了。秋雨霏霏，雾漫商山，黄的野菊、紫的雏菊在道路的两边，在云雾中，一路照耀我们的眼眸。

山高水瘦，瘦的水却也一直傍路而行，有栗包躺在路边半枯的草中，捡拾一二，放在两块青石板间敲出栗子，咀嚼那栗子，鲜甜。边吃边走，一面狭长的坡地尽头，就是那棵每天汇集两百只鸟雀聚餐的红豆杉。

红艳如玛瑙的果实密密缀满枝棵间。树冠巨大，树枝低垂，手一伸，红果子就在指间了。

在唇齿之间，它的甜，填补了我以前记忆库存中关于甜的一处空白，没法比拟。就称其甜为红豆杉果子的甜吧。

又一片更大的云雾漫过来，老宋再次抱歉，说下雨，难以行至密林深处，那里还有几千棵连片成林的红豆杉。我说窥一斑知全豹，我们已在这棵据说一千九百岁的树下站立了这么久，吃了树的果子，呼吸了树的气息，还在树古老的浓荫中避雨，足矣！

返程的时候，回眸那棵树，看见大雾之中，树卓然独立的样子，沉默、卓绝、清寂又神秘。

仿佛传说中，可以一千九百岁的老神仙。

一个散步者的遐想

我觉得一个人能在纸上画，能让泥土说话钢铁唱歌，能让漫渎的流水和云纹定格，能陶艺、能策划、能管理、能设计建筑……这人还不够能耐、不够幸福吗？但是这个人，他还能写。他漫不经心地拿出他的文稿，说，写一篇序吧。我假装平静，但是我听见我心里的惊讶。

在我，这是一次反常规的阅读，远远超出了我以往的阅读体验。很多时候，我觉得是被他的心绪挟裹。他的叙述就像是渴望冲出束缚的激流，躁动，冲突，一字一句的表达方式于他似乎已经不够。有时他却更像是一个从容不迫的散步者，步态闲适，眼神安详，他看见小花，留意昆虫振翅的嗡鸣声，那时在他眼里，一丛蒿草如一片深林，一洼潭水如一片湖泊，长风浩荡，思无涯际。他不为抒情而抒情，不为描写而描写。他似乎更愿意表达他思考的核，他的丝丝缕缕，毫发毕现，他的耐心细致，他的绕行，全是为了抵近这个核。

他的文字充满异质感，意象密集，趣味环生，你会眼前一亮，又一亮。心里一紧，又一紧。阅读的过程就是发现的过程。他的语言犹如众多的树叶中一枚带有虫眼的叶子，但是它舞姿翩然，它舞出了庸常，吸引注视它的眼睛。这一注视，你发现了它特异的美感，你被它吸引，被它打动，在这样的阅读体验中梳理你的发现，或者重新被他的发现启发，这是一个美好的时分。阅读他的文字无需大片闲暇的时光，因为他不会准备一个完整的、漫长的故事等待你，他的文字适宜在任何一个安宁的片刻里读，就算你的心暂时还不够安宁，在阅读的过程里也会慢慢安宁下来，你会缘着他的眼光看，去印证他的发现：为什么会这样？不这样还能怎样呢？你自问自答。

他说出的是自己的所见，自己的观察，自己的经验，自己的思考，自己的怀疑或追究。他非同寻常的观察力不会使他失掉任何一个有意味的细节，这成就了他文字的质，如硬木上漂亮的纹理。

他的书写类似于一个独自散步的遐想者，可以听脚的、可以听心的、可以听大脑的，或者，就听由身边的风景吧。

一个独自散步的人，他看上去似乎是孤独的，但是这个人有了这么多

丰沛的、旖旎的思考，这个人还孤单吗？

这就是我读傅强文字的感受：一个独自散步的散步者的遐想。

星期十，回家去

这是我女儿的话。

女儿说，鸟飞到天上，翅膀会不会把云剪烂？

女儿说，天上的人肚子饿了吧。

女儿说，两个星期五就是星期十，我星期十能看到你。

…………

那个晚霞辉煌、流云满天的傍晚，那个雷声轰鸣的夏日午后，那一次次艰难的告别时分，因为女儿的言说，定格在我心里。

搬去大云寺院里住是冬天。刚下过场薄雪，一群麻雀低着头、翘着尾、在雪后的地面上觅食，一圈粉墙隔出的这片院落安静清静的，叫我欢喜。这里将规划出未来的博物馆，能住在博物馆边上让我有幸福感。那些古老的青瓦覆盖的线条优美的屋脊，寺里的每一块青砖上都印有"大云寺"三个字。苔痕苍然的石阶，青砖铺设的小径，以前住户留下的桃树，荒芜了的菜地，在冬天的冷冻里冰住表情凋零了的树叶的让我难以识别的树，都叫我喜欢。我想这里是适合孩子生长的地方，未来那些既亲近了自然又靠近历史的日子一定能和孩子的天真心灵彼此感应。我们请人粉刷墙壁，把地上缺了青砖的地方换上新的红砖，镶拼也是美好，我赞叹着。尽管是冬天，但我已经开始规划那片菜地了，我想象菜地在春天生机勃勃的样子多么悦人心眼！

后来我就带着女儿在院子的小路边种花，种太阳花，玫瑰、雏菊、向日葵，还把一把扁豆埋在墙脚，春天踏青的时候我们移回来一丛紫花地丁和蒲公英，我想紫花地丁和蒲公英往后会在这里绵延生长，开出一大片，慢慢地，星星点点的花朵会覆盖了小径之外那些裸露出来的土地。

后来我却走了，一个人。去西安工作。女儿留在那个院子里，跟着她的外婆。最初的电话里，她热切告诉我那些花的长势，她告诉我她每天都给花浇水，她说，你下次回家的时候看吧。

跟同样奔波在外的朋友说起孩子，都无一例外地心存歉意与遗憾：不能眼看着孩子成长。

一天，女儿从她画着的图画里抬起头冲我喊："外婆！"然后又惊醒了似的立即更正为"妈妈！"那声音和她脸上瞬间迷茫的表情让我恍惚了一个下午。

我眼下唯一能做到的，就是多回家，去看她。

又是周末，我收拾行装去赶车。同事说，这么大的雨，还风雨无阻啊？

我说，今天是星期十，是我与女儿相约回家的日子。

还是女儿说过的话。

两个星期五就是星期十吧？

雨是不是把水洒到天上再落下来？

我们洒了那么多的水去天上，今天它终于落下来了。

我要趁着这份清凉回家。

|阁楼上的书屋|

那个下午，我发现阁楼上暗藏的秘密。

那是老屋阁楼上，父亲的一只落满灰尘的红漆木箱。满满地码放着一箱书籍。

阁楼上一片灰暗，楼梯口摆放着外公外婆的两口寿棺材，黑漆漆、阴森森，看见它们，像是看见死亡已经躺在里面了，叫人脊背发凉，要走到箱子边就需得从那两口棺材边经过，这像是考验。

最初发现那只红漆箱子的是我哥。有一天我看见他悄悄地上了阁楼，就在后面跟随他。那只箱子从此成为我俩共守的秘密。

不能和哥一起上楼看书，总得有人帮母亲干活，只要看见哥被母亲叫住，我就悄悄上楼去。我蹑手蹑脚地走过楼梯口，不敢惊动棺材里我想象的鬼魂，直到踮脚走进阁楼里面的小隔间，把阁楼的那扇木门在身后紧紧关闭，才能自然地呼吸。让眼睛慢慢适应阁楼上的昏暗，便看见无数的积尘在透过窗洞的光束中飞舞，这时，我听见母亲的声音，母亲说，改天把隔壁二奶奶家的猫借来，楼上的老鼠都快成精了！

最初我只是挑拣些图文书，连环画类的读本，《地雷战》、《地道战》、《小兵张嘎》……有本叫《七把叉》的，印象深刻，十分喜欢。书里说一个胃口很大很大的孩子四处吃喝，无人能敌，在我们"瓜菜代"的清汤寡水的日子里，有个孩子却能如此放纵自己的大胃，吃那么多，挥舞饭叉，轰动全城，这是一件多么幸福多么值得赞叹的事情啊！并且我连那本漫画的绘图作者也一并羡慕，我想，能画出这样图片的作者一定是个见多识广的人，他能画出那么多我从来没见过的食物种类，但是我一下子就看懂了，就闻见美妙食物的美好气味，口舌生津地体会到了那些食物的美妙滋味。

嘎子握着小拳头砸得西瓜的瓤四溅的那个动作真让我羡慕，坏人桌子上的一盘盘菜让我羡慕坏人的生活有滋有味。奇怪的是我一点都不为自己的境界担心，没意识到自己误读了书的远大旨趣。

若是饭饱后阅读，我就喜欢童话类的书籍。在乡间的蓝天黄土间，帮母亲寻猪草拾柴火的小姑娘因为这些童话的喂养，变得有点心细如丝，多愁善感。在我长大成年后，母亲每每讲起我们的童年往事，往事里的我都显得腼腆可爱，远胜于今天。但是回望童年，我只能看见一个面容模糊的小人儿，当旷野的风吹动她的破衣裳，那些源于童话的幻想总把她的目光牵扯到遥远的未知的地方。

《三花》、《水浒传》、《西游记》是后来随着识字的增多才能阅读的。最喜欢一部四册的线装版本的《红楼梦》。繁体字，要竖着从右向左读，很多字都不认得，夏夜乘凉却要把书里的内容卖弄给乘凉的人听，这时候总有父亲要纠正错别字。很多字错得可笑，成为哥哥二十年后还会讲起来哈哈大笑的笑话。喜欢《红楼梦》里的插页画，爱之不尽，就临摹那些图画，父亲看见我那些画作，就用很好看的细细的毛笔字提上诸如"绿蜡春犹卷"这样的句子，看上去就和书上的插页有点像了。

离开乡下老屋的时候，那箱书籍已经被我囫囵翻了个遍。

想那一箱子书籍于父亲是否足够宝贵，但他没用一把锁锁死，是疏漏？还是有意？到现在，也没有问。

在我有了自己的独立居所后，我最想要的，是一个独立的书房，空间适度的人，光线明暗适当，要有木质的书架、木质的桌椅、木质的地板和墙

壁，再要有一只小床。或坐或卧。诵读随意。忙碌的日子里，能有这样一个地方，在我就是幸福。

想起古人可以在竹林结庐读书，在荷花荡里结庐读书，就感觉这古人真是懂得享受。

想起《红楼梦》中那个"平生遭际实堪伤"的香菱，爱诗也能入魔，或者正因这爱，才能让她的心灵走出硬酷的现实，经历磨难而未沉沦，最终归于金陵十二钗里去了。

在书中，坐听风来，卧看云起，前尘后事，有多少不可以收于眼底？

人生说到底，只有书籍才是永恒的伴侣，任何时候，只要你想起它，它总在老地方等待着你，永不走开，不言背弃。这样的朋友，人群中你找得到吗？

道 可 道

优秀的摄影作品总是叫人看到画面以外，能听到场外诸多的声息。

在宋艳刚的这张照片前，我想念起一个人来：迦释。

迦释还不是迦释以前，他和我们一样，最熟悉的地方是麦积山下的那个老县城，心怀对远方模糊的向往，到过最大的城是西安。那时走在西安的大街上，没有人能看出我们有什么不一样，但是我们是不一样的，因为看见大街上的车祸，我们会惊慌、会愤怒地高叫，而迦释会席地而坐，平静地默诵一段经文超度亡者。我们注定了像一条路走到每个地方会自然分叉一样，就那么不知不觉地分开了。

分开多年以后我偶然听人说到他，说今天的他已是川藏交界处某个大山的褶皱里一座寺庙里的一位住持了。

我偶尔想象一下迦释，我无端地觉得他是寂寞的，是苦的。他生存的背景，他面对的现实，他的内心。但我每次这样想的时候我就觉得我的思维抵到了墙上，没有出路了。我为自己难堪，难道我不觉得我比他更寂寞？比他还苦吗？我不知道，不知就是惑。在惑中。一颗依然怦怦跳动于俗世的心。

但同时我发现这一颗俗心在向往着迦释所在的方向。我希望见到他，听他说话，我想对他说，如果你跏趺而坐，我会在你身后保持静默。

在西安，距离我最近的、我能轻易抵达的山是终南山，终南山据说是隐士的天堂，现在，也是很多居于西安闹市的人渴望洗耳洗心的去处。最近这一次我去终南山，在盘桓的山道上，远远见一年轻和尚走来，我嘱咐同伴减慢车速，让车子慢慢滑行，为的是尽量减少对这个行者的打扰，站在他的角度，我想汽车携带的气味是多么难闻啊。我为遇见他而心怀庄重，而他呢，在距离我们最近的那一刻，他双手合十，避让到路牙边，面朝大山背对我们立定，等我们走过。那是他避让游人的方式了。我没法知道他那一刻的心境，但是他的年轻、英俊，他眉宇之间我不能解释的气息，使我一见之下，久久不忘。

虚云和尚就在终南山里修行过，在他的《虚云和尚年谱》里，他记录自己在终南山的一段经历："岁行尽矣，万山积雪，严寒彻骨，予独居茅棚中，身心清静。一日，煮芋釜中，跏趺待熟，不觉定去……"，这是一段极有画面感的文字，让我浮想联翩。"煮芋釜中"让我看见修行者生活的清简，但清简不是苦。"跏趺待熟，不觉定去"，这是我不能够企及的体验和境界了。

在宋艳刚的这张照片中，三位僧人此刻在路上，他们是出发还是归去？我猜是归去，我也愿意他们是归去，归去即是安定。但据说游僧又是以天地四海为家的，那归去来，都是在路上了，他们去往哪里，我们可以猜想，也

不必猜想。不管道路曲折还是平坦、好走还是难行，不管是出发，还是归来，总之是在路上的，在路上，每一种存在都有它的路径。你看此刻，麦苗青青菜花金黄，一片人间盛大的春天景象。一条小径穿过这个春天，路的两端就是我们所有人的来处和去处。

我看着照片上的他们慢慢走远，直至消失在坡梁顶端。只剩下一条空空的小道蜿蜒而来。

远　方

深居内陆的人渴望去看海，在海滨人梦里反复出现的，却偏偏是"大漠孤烟直，长河落日圆"的景象。

远方是永久的蛊惑，总有人渴望到远方去。

"出门有功，行地无疆"，"读万卷书，行万里路"，大约都是在鼓励人出门游历。也许，世间的道理有写在典籍卷帙上的，也有写在山川地貌、风土人情中的。山川异域，在旅途上我们触摸到造物主的真谛。

一本《徐霞客游记》使徐霞客成为流芳百世的浪子，欧洲的近代文明，也是与一大群探险家的冒险分不开的。聪明的现代人更是利用发达的交通条件带来的好处，无数次地去感受"朝辞白帝彩云间，千里江陵一日还"的迅疾。假如愿意，现代人的脚步可以跟着春天的芳踪走，也可以在一日内领略四季的更迭与变幻。

对于真正的行者，出门的意义或许在于"在路上"，在路上，你看见过旷野上的一棵树，它卓然独立的样子打动过你；你注目过一条河，它在渐渐沉默的夕阳下从容地向远方流淌，你不知道它的来处和去处；或许你还记忆着大漠深处那些被风的手指梳理出的线条，它们万古如斯，却也能时时新鲜；又或者，更让你动容的，是那些田地里劳作的农人，他们身后像金子一样闪光的麦田……

踏遍万水千山，八千里路云和月，风雪夜归的远行人，或许更能体会，幸福的含义其实就是那盏等待的灯和灯下亲人温暖的表情。

世界辽阔，对于我们很多人，纵然翻八千个筋斗过去，仍然只算掌上行者。对于身处局限中的我们，旅游更是心中时时的憧憬，想去埃及，看古老的狮身人面像；想去美国，想在黄石公园读地球；想去欧洲的小镇，只为在那里发发呆；想去西藏，和爱的人在距离太阳最近的地方并肩行……

下一个目标是哪里？当你踮脚张望时，它在前方吸引你……

飞翔的草帽

我七岁那年，我妈要离开家到山外面的培训班里学习一段时间。山外是一个模糊的说法，在那时候，对我老家果子沟的人而言，山外泛指秦岭

以北的西安和关中。山外别说我，连我妈也将是头一次去，因此，我妈要去学习的那个地方一时间成为我们家所有人心里的远方。我妈将去的时间会是半年。

半年，在那个交通和通信都十分不发达的年代，一个人的离家，一个慈母告别她的孩子将去半年，是一件大事。邻里都来送行，我被寄养到了外婆家里。

在接下来的半年时间里我没有见过我妈。我不知道半年时间的长短和意味，我只知道月亮圆过了几回，又缺了。直到我妈见面抱住我的一瞬，时间再次被我妈的嘴提及，眼泪汪汪的我妈说：妈走了半年，我的宝贝想妈了没？

半年里我有没有想念妈，只有我知道。也许还有夜晚闪在窗前那竿最高的竹梢顶上的那颗星知道。

我的心思我的外婆就不知道，她跟邻居说起我妈，掐算我妈回家的时间时，都会说到我，她说，你看这孩子心挺硬的，从不提她妈。

夜晚我躺在床上，从没有窗帘的窗子看夜空，夜空有时候黑漆漆的，像我因为想念而黯然的心空，有时候能看见一方星光闪烁的深蓝色，那也多半像我爬满想念的心空。有时候在月亮该圆的时候偏偏下了雨，雨水打在窗外的竹叶上淅淅沥沥的声音，在夜里、在心里装满想念的人听着，格外叫人惆怅。

我跟我妈再见是在一个午后，一个风很大的午后。记得风大，是因为我的帽子在那个午后随风翻飞的样子至今清晰。我去追赶我的帽子。我的帽子像是因为我的追赶而跑得格外快。然后我就看见我妈，站在那里，在我们彼此看见的一瞬她回过神跑着迎向我的样子至今清晰。我妈回来了，她来接我了，她大概等在我放学归来的必经路口很久了，她在等我。看见妈，我站住，接着掉头往学校跑，连跑向我妈的帽子也不打算要了。

我妈从后面赶上来，小声地，一声声地喊我的乳名，那久违的声音叫我忍不住身子打战。我回头看我妈，又掉回头跑，努力不叫她靠近我……我妈还是赶上了我，她蹲下身子，抱住我，手里抓着我的帽子。她帮我系散了的鞋带，她的眼泪畅快地滴在我的鞋子上。我放声大哭，这是她离家后我第一次掉眼泪，我用眼泪迎接她的归来。

我在后来的回忆里想，还是我的帽子更懂我，当我羞于表达自己的情感的时候，它在第一时间里飞向我妈，用它热情的飞奔表达了迎接的姿势。

现在我的女儿已比当年的我大了，而作为记者，出门、离家在我是一种平常状态，但这种平常并不减弱每一次的牵挂。仍然是出门前的叮咛嘱咐，仍然会是离开之后给家里的电话与问询。我庆幸今天沟通的容易，使时空不至于那么空茫不可测，尤其是那种空茫会在一个小小的孩子心里投射出的巨大暗影。

想必世上的母爱是一样的，它在无数的日子里，难以一言以蔽之。

我感谢七岁那年那阵吹动我帽子的风，它使我的帽子飞翔着，飞向妈在的方向。

第二辑

山水
牛背梁

|盘谷在哪里|

柞水之行，夜宿盘谷山庄。

盘谷山庄刚建成的时候，就因其超五星的豪华设施以及山环水绕的优美环境吸引了我身边一拨又一拨人跑去那里度周末，体验奢华酒店应有的排场和舒适。她们是一群追逐时尚的人，秦岭终南山长隧开通的时候她们专程开车过山，听说某个居于秦楚古道边上某"农家乐"的洋芋糍粑和腊肉味美，她们也会不辞路远地去尝。我偶尔想，生活两个字是动的，是带在她们跑来跑去的鞋子上的风的样子。

在五星级酒店吃手艺精到的土菜，吹山风，枕着让世上最名牌的香水都黯然失香的空气睡觉，仲夏夜抱着厚厚的被子不劳空调吹凉，坐在伸出胳膊指尖就能触及森林边一棵生花妙树的露台上喝一杯咖啡……这都是盘谷山庄别处无法比拟的好。

掀开厚厚的窗帘，让一段河流、一片树林、一角流云斜倚的蓝天镶在窗子上。人在这样的景物前呈现自然的样子。

奢华好啊，哪怕给你三间卧室，而你只能就一张床睡，但身居此刻，心里确实是欢喜的。从容地把心里的空间一点点腾挪地宽绰些，我对自己说，这就是度假，歇息吧。

登山，晚餐的酒，山里的清凉夜，在这样的夜里该有最深沉的睡眠吧。我选了窗户靠森林的那间卧室，我让窗帘开着，望月下的一片树林绰约在半边地板上，我想，等我明早睁开眼睛，第一眼看见的，还是这片林子，多好啊。但是，我醒来，却是在睡下半刻钟后，然后这睡眠就薄脆得如一张白纸，林中的一丝轻风都吹得它哗啦啦地响动，远处的瀑声又如同在耳边似的清晰可闻，越是觉得自己不可思议，心里越发清醒。就这样地打发掉了一个夜晚。林中鸟雀醒来比人精神。而我需要一杯速溶的咖啡提神。

离开盘谷山庄的时候我看清我们居住的别墅是有名字的，"山居客栈"四个字，笔法朴拙地立于一块石头上。即便居于山中，也是客居，客居之所，谓之客栈。恰切。

又想盘谷山庄名字的由来，是在说山形地貌与建筑吗？名字是谁起的？起名的人是看过韩愈《送李愿归盘谷序》的吧？据说苏轼很欣赏这篇赠序，说："唐无文章，唯韩退之《送李愿归盘谷序》而已。"

韩愈写盘谷，"泉甘而土肥，草木丛茂，居民鲜少。"这情景也是柞水盘谷山庄所有的。

他又写，山谷环绕在两山之间，谓之"盘"，位置幽僻，地势阻塞，是隐者盘桓逗留的地方。叫盘谷的地方住着韩愈的朋友李愿。

没谁知道李愿的长相，但我们知道他的情趣和人生准则。那些拥有显赫权力，名扬当世，侍从罗列美女无数，时人称为大丈夫的人不是他的楷模。那些不得志的，住在山野，能不时登高望远，在清泉里洗涤，从水中钓来鱼虾果腹，不拥有权力，背后却也不受诋毁，不追求肉体享受，却也不受心中忧虑影响，能睡到自然醒的人最是李愿愿意效仿的。因为他确信，在通往地位权势名利的路上奔走，却常常步履蹒跚、行止不定，想要开口说话却言语诺诺，不能畅达胸臆的人一旦上了那条贼船，怕是要到老死才能罢休的了。

身居长安，等候调官的韩愈对李愿的生活状态不能至，心向往。于是把酒送行，慷慨作歌："盘谷之中，有你的房屋。盘谷的土地，可以播种五谷。盘谷的溪水，可以用来洗涤，可以沿着它散步。盘谷地势险要，谁会来争夺你的拥有？谷幽远深邃，天地广阔足以容身；山谷回环曲折，走过去，却又回转来。这盘谷中的快乐啊，快乐无穷……"他由此幻想，要"用油抹我的车轴，喂饱我的马，随你到盘谷去，终生在那里优游徜徉。"

李愿从长安归去的盘谷在哪里？据说当年乾隆皇帝读韩愈《送李愿归盘谷序》，对盘谷地名心生疑惑，皇卜认为盘谷在河北田盘，对韩愈文中所写的"太行之阳有盘谷"心存疑异，于是专门派河南巡抚到济源实地考察奏报，敢说真话的巡抚调查后回复皇帝，是皇帝错了，盘谷确实在河南济源。皇帝看到报告后大为感慨，亲笔写《盘谷考证》来记录议论这件事情，并命工匠刻于河南济源盘谷寺后的一面山崖上。

盘谷不在河北，也不在陕西，但是，我依然觉得柞水盘谷山庄的命名是好的，恰切的，因为韩愈先生文中描述的美景这里只多，却不会少。

翠微山庄

终南山像是打开在这个城市南端的一道美丽画屏，一日的朝朝暮暮，四时的春夏秋冬，无论阴晴雨雪，终南山都以各种美妙的光色绚烂着这座城市。天气晴朗的日子，堆积洁白云彩的蔚蓝山脉又像是一列波浪，翻卷在城市边上，从西安城南出发，不到半个小时的车程，就能置身于终南山的怀抱，俯仰崇山峻岭，顾盼茂林修竹，聆听清流激湍如琴鸣，真是心意畅美的一件事情。

难怪越来越多的城里人把去终南山小憩当成身体和心灵的瑜伽。登山、入峪，吃农家饭，在山里的芬芳之气中释放压抑，周而往复，乐此不疲。

终南山是茫茫八百里秦岭的一段，而被世人称为"终南独秀"以秀拔著称的翠华山，是长安郊外极负盛名的风景区，"终南阴灵秀"，"碧嶂插遥天"。翠华山又被誉为是"中国山崩地貌的自然博物馆"，随意捡起山里最小的一块岩石，在地质学家的推敲里，都有一亿七千岁以上的高龄，和人比较，就仿佛一棵千年老树相对于它树叶上晨曦中一颗闪烁不定的露珠，去山里的人，在山中四时随季节不断变换的风光中，领悟到时间与轮回，天地的古老，生命的更迭，人看见的不仅是自然、还有生命与伦常，人被这样那样闪现脑海的问题吸引并思考，人倾听一座山的生命低语。这是山呈现在人面前的独有的魅力。

有山就有峪，有峪多有水。过太乙宫，路沿着沟峪岔进，峪或深或浅，水或丰或瘦，却都有各自不同的迷人处。有人统计过这一带绵延的山脉中，有名的峪就有72道，更有那些专业的登山者，遍访秦岭诸峪，为它们一一著文存照，标示出一条又一条迷人的旅游路径，引后来者前往。

穿越秦岭山水，这是很多人愿意选择的休憩方式，区别于那些深入山中隐居的隐者，入山与出山，仿佛一顿农家饭，短暂的新鲜与欢乐而已。

有这样一个人，他无心做隐士，也不同于那些匆匆来去的登山客。但他常常要把脚步散漫进秦岭的沟峪中，往返流连，寄寓山水，偶然的一天，他走进一道叫大峪的沟峪，他在一面缓坡，一道小河前停驻，长久地停驻，他听见熟透的栗子掉在树下的经年积叶中，他看见落叶在山涧中随水流去，他看见云雾像棉絮飘来，拂过他脸颊，又梦幻般地消散了，世界在那一刻还原为一张洁净的白纸，那一刻，他像虔诚的教徒看见佛光一样，不是欣喜若狂，却是心静如水，他深呼吸，再深呼吸，他隐约看见一座山庄的朦胧剪影，他像一个机谋颇深的风水先生，逡巡于那片山水，布局谋划出他心中一座傍山临水，倨山麓眺山寺的静谧山庄。

辗转反侧，终成心愿。

山庄的建设在春天稠密的鸟鸣声中开工了……

好吧，现在说山庄的坐落，山庄比邻翠华山，背靠一列绵延的山脉，南对钟磬之声隐约可闻的南五台，庄前一条冷冷做声的溪水四季飞白。因为比邻翠华山，山庄源此线索就叫翠微山庄。

山庄依着山坡的斜度，自然展开在缓坡之上，山坡上原生的几株核桃树、亭亭如盖的正开花的栗子树、婉转纠缠的五味子、攀缘到悬崖之上的金

银花，都因为庄主的善眼慧心而得以继续生长，现在，它们或不被打扰地站立在原先的地盘上，或傍依在一圈栅栏边成为天然的画屏。

去终南山，有人走出了终南捷径，而这个人，悟出了回归的恬淡与静美，渴望并完成傍山而居的平常心愿。

庄主姓肖，人称老肖，比他年轻的人喊他老肖，比他年长的人也喊他老肖，前者喊他老肖，有一腔的敬重，后者呢，却是满眼的亲善。老肖比现在年轻的时候最爱大块吃肉、大碗喝酒，交游十分广阔，即至中年，却回归于一幅抱朴守静的面貌。忌酒戒烟，每每烹茗临帖，临到王羲之《兰亭集序》"仰观宇宙之大，俯察品类之盛，所以游目骋怀，足以极视听之娱，信可乐也"。脸上就要浮现一种快慰心怀的沉醉样子。

翠微山庄是一个别墅群，有大大小小的单幢别墅十余座，"翠微别墅"、"铃山书院"……如深秋时节的山里红那样鲜明洁净而又芬芳饱满地呈现在那片山野，所谓错落有致，也是在说这样的眼前景吧。

"德邻居"，有人取《论语》"德不孤，必有邻"句，给老肖的那幢别墅命名。老肖笑眯眯地说：共勉！共勉吧！

山水牛背梁

柞水牛背梁之行纠正了我的一个偏见，我原以为去牛背梁只能看山，不知水也是牛背梁的一个重要组成部分，可以说：牛背梁风光是山与水的二重唱。

听说牛背梁风光美丽许多年了。柞水的朋友一再邀约：过来看看我们的牛背梁吧！在柞水工作的同学更是具体到了细节：五月中旬过来，我们去看牛背梁上的杜鹃花，不走回头路，从沟口上山，翻过秦岭，司机会在长安那边接。在熟人出版的商洛画册上，牛背梁的相貌是雾中忽隐忽现的一片苍茫秋山。

这些间接的获得给了我几点信息：柞水牛背梁是非常值得向人推荐的佳美去处；牛背梁是宽阔绵延的，它一只脚踏在商洛的地盘上，另一只脚却在关中平原秦岭北麓了。

杨琳有早起的好习惯，这个周六一早，她站在自家阳台上习惯性地向南望，她看见雨后的终南山仿佛能够走动似的近切到了眼前，夏日的一场透雨此刻蒸腾出绚烂的云彩堆积在山顶，越发衬托得终南山苍苍如黛，新美如画。

于是，我的手机响了，杨琳的声音在那端问：今天能去牛背梁不？和杨琳、王松相约去牛背梁，两个月前就在谋划了。我从睡梦中彻底清醒，说，去，我就去接你们，到楼下了给你电话。

一个小时后，我们已在南山脚边了。天湛蓝云洁白山清鲜，心情好得没法言说。

穿过秦岭长隧，感觉像是潜水员扎了一个深长的"猛子"，浮出来时，已是另一片天。大朵的云在深蓝的天空上飘飞，那样的天空又被葱茏的山峰镶框，真是无处不美。关闭空调，敞开车窗，芬芳清凉的风立即扑上来和人抱个满怀。燠热的西安的炎夏，在一个瞬间，离人已经很远。

在营盘镇下高速，与迎候我们的朋友会合，进入牛背梁的地界，想着就要登山了，却只见脚边溪流飞白，水清潭绿，瀑声轰鸣，夹岸高山，一路都是峡谷风光，栎、楝、青冈、枫、连翘、五味子、野葡萄……迎面来，又擦肩过。峡谷有多婉转路就有多曲折，石子的路上树影斑驳，凉漫脚背，涉水的路段，就地取材，列石而过，一脚脚踏过溪流，溪水就在脚边溅溅有声，真是"石濑踏踏响玉沙"。有些路段上，人和树木，和斜倚的巨石迎面，人想到自己侵入者的身份，自觉站在原住民的立场上说话，人说："让我是爱，

碰我是疼。"人还说："老婆有交代：多看景，少耍怪，拈花惹草莫回来"。后来的人站在路牌前朗读这些句子，忍不住要哈哈大笑，满怀的芳菲之气。

水汽氤氲蒸腾，藤蔓悬垂如瀑，走在这样的路上，清幽凉爽在身上，在心头。

溪水荡荡，白石星罗，苔茵斑驳，色彩的复杂只堪在画里描画，这景象自然最吸引画家。王松慢悠悠地说：看这里。看那边。是啊，随意驻足，都停在美景里。谁知道今天看见的景象，哪天会神出在他的画作中呢。

牛背梁景区风光分为风格迥异的两个部分，依我们此次的旅程分，前半程傍水，景象繁华明丽，轻俏活泼，后半程依着山势的婉转抬升而攀升，道路变成了一级级的人工水泥台阶，松、杉、栎、竹、枫、水青陆续出场，景象沉静稳重，如人生的中年。行走的人需不时停下来，在路边供游人歇息的廊亭小坐，蓄养气力，平定心怀。

慢慢行至揽秀台。

揽秀台突出在一面陡峭的崖边，三面临谷，站在其上俯瞰，真有如画江山一揽的感觉。一道飞瀑从对面的青山间飞下，像是从天抖擞的一匹白绫，凉幽幽清凌凌的气息从谷底升起，鹰乘着那气息扶摇直上，把影子一样的翅膀贴上青碧的天，久久地，又悠然而下，剪过那道山梁去了。山梁线条优美，平滑流畅，颇有几分似俊牛的脊梁，于是这景区就被人命名为牛背梁，那里已是两千八百多米的高度了。听说在那里，年年春天，杜鹃花会开出一丛一丛的烂漫，竹也能一片片地绿着。松树在那里，以卧的姿态生长着，一幅与天地同老的朴拙样子。人站在那里北望，所见即是八百里秦川的另一片开阔了。但是，我们此刻流连在揽秀台清凉芬芳的气息里驻足不前，说，就这样遥望牛背梁吧，等到来年春天，我们重访牛背梁的时候再去领略那里的美景。

乐山水，爱美食。我和杨琳对此行吃到的每一样食物都热情。尖椒土豆饼、茴香豆腐、青菜拌豆芽、香菇煨土鸡、南瓜烩玉米，松树芯子般透亮的焖腊肉……我们的胃欢呼着这些食物，这时候我想，一个人一辈子守着美山美水美食的故乡，不就是幸福吗？

哦，这就是商州

　　某种意义上说，商州是因为有了贾平凹而闻名的。贾氏在他的商州系列作品中描述了一个美丽、灵秀、神秘又野性的商州，于是，他就把那样一个商州留在那些读过他作品的人的心中。

　　"商州的山是高的，商州的水是瘦的，商州的天是窄的，商州的土是薄的。"这是作家眼里的商州，而在商州的官员眼中，"商州的山是高的，商州的水是长的，商州的天是蓝的，商州的土是可以长出土特产的。"这似乎说，商州是可以站在不同角度看的。

　　商州历史上曾是商鞅封邑的地方。秦孝公能把商州赐封给商鞅，可见商州斯时已非荒凉凄苦地，想象那时江河荡荡、商贾往来的样子，真是遥远的繁华，只是后来不知怎的就衰落了。1996年312国道丹凤段改建的时候，商鞅邑城遗址忽然被发现，一时间发掘出了许多的陶器、青铜器和彩绘瓦当，让考古界热闹了许多时日。

　　而在唐代，商州实在只能算是大唐国都长安的远郊。像李白、韩愈、白居易、贾岛、杜牧、温庭筠、李商隐都曾悠游于商山洛水之间，写下过诸如："连山似惊波，合沓出溟海"、"风来花落帽，云过雨沾衣"、"路向泉间辨，人从树杪分"等美诗佳句。

　　我偶尔设想，若是我生活在唐代，我一定守住家园，死心塌地的样子像那个守株待兔的懒人，而不像现在这样浪迹在长安城里混日子。我设想没准

哪一天，一匹年轻的枣红马马蹄嘚嘚，铃儿叮当地驮来了一位诗人，最好是那个"五花马，千金裘，呼儿将出换美酒"的李白。我一定会殷勤款待他，我要端出我家白酿的"苞谷烧"请他喝。传说李白酒量极小，没准一坛"苞谷烧"没折下去多少，诗人先醉了——别担心，李白醉酒诗百篇——我就这样坐着，在朦胧醉意里，听他高一声、低一声地吟咏那些美丽到地老天荒的句子，时间恰巧是在仲秋，我亲手栽种的那些菊花这会儿正开得烂漫，凉风把它们的香气一波一波地送过来……多么美好的时刻啊！

繁华过后，商州犹如一堆火焰燃过的灰烬，甚至那些灰烬也给旷日的风吹散了。现在的西安人称商州是他们的后花园，他们在丹江里漂过了桑拿天，在仙娥溪水库安营扎寨垂钓一个礼拜也不言倦怠，饿了，就用随手捡来的松枝烧烤自己亲手钓上来的鱼，幸福的嘴巴还没忘了忙里拾闲地感慨一句：这里有骄傲的足以出售给全世界的新鲜空气！简单的生活方式让他们暂时忘掉城市生活带给他们的烦与闷，他们调整身心，然后再像一辆洗干净加足了油的车，再次冲上他们的人生跑道。

站在2000年秋天，我望向不远的将来，那时西康、西南铁路将经商州相继贯通，那时商州人将不再守着自家的山货而担心卖不到好价钱，而南来北往东来西去的旅客，在听到播报员那一声"前方到达商州车站"的悦耳声音时，会不约而同地把脸扭向窗外：他们看见在绵延的、低缓的坡地上，沟谷间，散漫着三五只黄羊，奔跑着七八只麋鹿，而窗外，恰巧就飞过了一对长尾巴的锦鸡，他们万分惊喜地说：哦，这就是商州呀！

|蜀　　河|

去蜀河的路是欢乐的。山绿，天蓝，汉江依着人的心情，荡荡地流。有运蜂车过去，失群的蜜蜂撵追着明师傅的车，惹车上的我们说出许多自恋的话。去蜀河看看吧。武臣部长这么说。我心想，旬阳有很多地方可去，单单他却提了蜀河？当然，那是汉江边的古镇，有大片尚好的清代民居，有闻名一时的商业会馆，比如黄州馆，比如杨泗馆……

入蜀河第一眼看见的是人，人制造的热腾腾的生活气息扑面而来。东家油坊榨芝麻的香味刚刚散开，西家新鲜出锅的热米皮就腾出一锅白雾呼应，上街剃头匠的椅背刚送走一个光脑袋，下街年轻媳妇把一块松明般透亮的腊肉焖进锅里……我站在原地转个身，相机就拍下这许多。我们走走停停，走的是青石路，停就停在一堵木纹深邃的墙边，多好的木头！竟舍得拿来垒外墙？听见的人大笑。摸，却变回石头的本质，难怪要叫木纹石，听说是只有在蜀河才能见到。上到镇子的高处俯瞰，看出此地人的生活方式，不能务农，因为没地可种，但却有蜀河汉江在此交汇，把河的丰沛慷慨地赐予人。在没有路之前，河就是人的路，往来的舟楫是人延长的脚，可以带人走到更远处。再往回，追溯一个镇子的缘起，也许某一天，缘河上溯的人走到这里，随河的弯折放慢了速度，他们被眼见的景致吸引，偶然地上了岸，偶然的停下，这一停就不再走。后来停驻的人越来越多，于是就有了镇子。一个历史学家考察汉江和江边城池，比喻说，汉江在大地上行走，如藤蔓在季节里生长，一个个因水而兴的城镇，就恰如藤上结出的瓜。如此说来，蜀河这

个瓜，它最成熟最甜美的时分，是在什么节气？

我在　个人的回忆里回溯一个镇子的记忆。提起35年在船上度过的日子，74岁的徐长恩老人最激动，那年县上排演汉江号子，县上领导特意请他们健在的几位老船工担当评委，来到江边，听着心心念念的熟悉的号子声，几位老人激动得脸红了，手抖了，老泪涌出了，拉着县上领导的手肯定地说，就是这个味，就是这个调。徐老的家在镇子的最高处，离汉江最远，但上到他家的位置，江却在他窗下，汩汩的江涛声就是在纷繁的白日，也听得清晰，我猜想这对只有靠回忆远航的老人，大概是最帖切的安抚吧。"那时候的蜀河，南货送来了，北货运走了，每天有上百条船泊在这儿，光蜀河的船工就有800多人，在河滩上日夜不停修船的就有几十人。江边盖严了房子，喝茶的、唱戏的、议事的、说合的……那时候，蜀河是响当当的汉江黄金水道呐，票子是整麻包整麻包往岸上扛……那时候比现在热闹，把现在人都聚起来，也没那时候热闹"。我想，让徐老感慨的蜀河的"那时候"，是否正如一个人的青春期，是挡不住的由衷的生动吧。

但是记忆如房子，老了。房子的老，也如人的老，怕潮湿，怕阴冷，也怕酷热。虽然住在青瓦石墙的旧屋里夏天不热，但是没紧邻人家新砌的水泥屋子高大敞亮，房子是明摆着的对比，显现着主人的家底和识见，青瓦在水泥前心气先自矮了半截。慢慢的，那些从国道走出的人，再回来，首要的事情，就是把老屋翻新了。

流火的七月，蜀河最后一艘渡船驶离蜀河码头，不久，蜀河水电站将在码头不远处拦河而起，蜀河舟楫往来的繁华年代就此彻底终结。

同一个夏天，我在远离河流的城市读临水而居的朋友的信，她说她出差不在家时水来访过她了，水走时把她的鞋子带到门口，她的鞋就停在门后，静静地守候她的脚归来……

|杨村的花事|

世界辽阔，我庆幸我偶然抵达了这个叫杨家院的小村子。我看见这个僻静村庄的美与好。

如果有更高阔的角度，打量杨家院，它就是茫茫巴山的一个小小的褶皱，难以识辨、可能被忽略。但是此刻，从我的角度看，杨家院是一个小小的平台，台上星散着9户人家，9个姓。姓杨的那户追溯去是村子最早的原住民。杨家最年长的男人今年82岁，被村人尊称为杨老爹。82岁的杨老爹依然腰板硬朗，头脑和眼光一样清晰，有外来者好奇村里的故事，老人有问有答，很有耐心。

现在我想说的倒不是杨老爹，是牡丹花。这个村子当然也生长别的花，比如牵牛花、面面花，但要是跟牡丹比，那就，嘀嘀……杨老爹就是这样笑的。牡丹吗？说来多奇怪，这村子就数牡丹长得好！无论天干天涝，人勤快还是偶尔偷一下懒，牡丹都会自顾往好里长。这样好的牡丹是咋落户于此地的？是杨家的祖上从外面带进来的。"外面"在哪里呢？崖畔那棵槲树看见没？树冠外那三四列淡蓝山影消失的地方。

四月的一个早上，我从那"三四列淡蓝山影消失的地方"走到了杨村村口。汽车能够通过的路在此收束为仅容一人过的峡谷，谷长据说是七里，叫七里峡。峡谷是进村的唯一道路。因为峡谷峭拔，峡两边的树木均呈45度角生长，树叶被春天的阳光照耀，呈现着黄绿、翠绿，粉绿、蓝绿、在峡谷阴影里的，是褐绿。单是一个绿，就复杂到如此难以被复述。

　　山上树木的香气像一股清凉的水，随微风淙淙流淌，把人心拂得平展。踏过无数的白石，眼前豁然一亮，就看见牡丹花，在坡地上、坪坝间、竹栅边、屋舍前。簇簇、一片片、一团团。如烟、如霞、如云。有高茂如树的，有低矮似灌木丛的，心被眼前的美好击中，我们放慢脚步，缓缓走在杨村曲折的乡陌上。

　　在杨村看见的牡丹花多为粉白，还有粉红和深紫，偶尔有鹅黄、嫩绿、烟紫杂在粉白、粉红和深紫之间，简净与繁复呼应，好看，耐看。

　　杨村的"牡丹王"长在杨老爹院子里，花树高达六米，我们坐在花冠遮蔽的凉阴中，个个都想扮演华盖下威仪的王。"牡丹王"和一株紫藤互为依偎，枝杈相连，不离不弃。有人联想到旬阳太极城的阴阳暗合，说牡丹王为阳，阴柔的紫藤为阴。有人立即反驳，说丹王一树多花，花期也比别处的牡丹花期长，开得早，落闭得晚，如此旺健的生养力量，实是母性的象征，该尊丹王为女王。人语喧喧，牡丹和藤花落英纷纷。

　　杨村的牡丹不单是给人的眼睛看的，更是给人的鼻子闻的，这里的人面相清灵，身体也少有疾患，小疾不生，大到要命的疾患来时，人会想，人力不能扭转的事情，就是天命了，听命于天，人心即安。人心不急不虑时，人身却也偏偏好了。如此想来，天也是偏爱着这方水土这方人的吧。

　　牡丹花期过后，杨村依然会覆盖浓郁的牡丹味道，那是家家翻晒牡丹花根——丹皮弄出的动响。丹皮在秋天出售，把获得装进自家的玻璃罐头瓶，可以支撑来年一年的家用。接下来冬天到来，雪把庄子的药香气覆盖住，直到来年春天冰雪融化，那些被覆住的香气再从家家户户种养的牡丹花朵里释放出来。季节轮转，年复一年。

　　这两年，县乡实施一村一品农民致富工程，杨村人顺水顺风地勤勉于他们的一品——牡丹种养。却也种出了新景象。现在杨村的牡丹名声响亮，因为春天去杨村看牡丹，是远近城里人的一件乐事。杨村人评价自己说，他们营生的是美好的花事。

　　杨村不是桃源，也不在世外，杨村在旬阳。我固执地以为我在旬阳呼吸的空气里有我眼睛看不见的淡淡绿，因为旬阳的空气是从亭亭的橡子树，是从丛生的山竹的竹梢上生出的。如果旬阳是一个人，我愿意是他的亲戚，跟他常来常往。

关　山

关山是一个我没离开就开始想念的地方。我在心里跟自己说，我还会再来，并立即设想我再次来，会是哪时刻，会和谁。

很长的时间，关山这两个字，在我心里结成一种象征，象征远与僻。

关山在陇县，今天的陇县属古陇州的一部分，古时，这里是和秦时明月汉时关关联，和"万里赴戎机，关山度若飞"的花木兰关联吧？陆凯身处繁花馥郁的江南春天，面对一枝芬芳的梅花，他想起身在万里边关雪地冰天里的朋友范晔，他无限浪漫、无限深情地吟咏："折梅逢驿使，寄与陇头人。江南无所有，聊赠一枝春。"范晔所在的陇头，是否也与关山有着关联？

遇见吕君是在饭桌上，人多，话杂，不知谁提及关山，说就在吕君的地盘上，几个人就嚷嚷着说去。

因着工作的名义，总是因着工作的名义，我走在出发与归来之间。似乎工作着，出行才有了现实的指向和意义。

八月去关山。为工作。为心愿。吕君说，这是关山的好季节。遇见清凉。在盛夏里。

过宝鸡、过千阳、再过陇县城，大概就到关山的地界了，眼见着绿意越发新翠，天深蓝，河清亮，森林边乍现的狭长坡地上，一片突兀出现的金黄

色，来不及辨清是晚熟的麦子还是青稞车子就开过去了，路是如此的婉转优美，偶尔从河谷飞过的鸟，鸣音投在河上。

关闭空调，敞开车窗，把音乐换成许巍的，向着关山牧场去，我们要有一段完美的旅程。

我们到达的只是关山草原的一部分，宽阔与绵延中被今人开发出来，能吃、能睡、能轻易抵达、可供城市人到此一游的一小片草原。

据说浩大的关山草原曾是西周初年秦人先祖秦非子为周王室牧马的地方，占据如此肥美的天然牧场，就算非子们漫不经心，马也能长得高大、长得俊美，马为周王室的军事建了功、立了勋。"马大蕃息"，可谓功绩卓著。基于这份功劳上的犒赏，就是于周孝王8年（公元前890年）将关山封为秦非子的食邑，于是秦非子的后代在这片草原生息创业，安居乐业，这大概就是强秦最早的源头吧。

汉武帝时期，关山牧场仍然是汉朝重要的军马饲养地，养本地马，来自西域的名马"汗血马"也是放养在这片草地上。据说汗血马不仅长相俊于他马，且十分有灵性，奔跑起来像飞，是汉朝千金难求的名马。引进"汗血马"的汉朝骑兵，战斗力大大增强，据说某次战场上还发生了这样的趣事：一队全部由蒙古马组成的匈奴骑兵队和汉军相逢了，恰好那队汉军骑兵的坐骑全由汗血马组成，汉军的汗血马骑兵团使匈奴军骑兵惊羡不已，赞叹不已，一个个傻呆呆地看着汉军的马队在阵前踢踏着表演舞步。剑戟上的寒光消失，匈奴兵不战自退……

正自这样幻想着，一匹马从草原深处驰来，掠过眼前，穿过如波如浪的绿草的坡梁，消失了。骑手和马的纵横恣意，有多少古意在其中？我在那一刻遥想当年秦非子们的生活，在当时的情状里，这里是否是皇室的远方，这片土地上生息的人，是否拥有过他们的静好岁月，逐最好的水最美的草居，游憩在快意与畅美里，默默生长并积蓄力量？

只有时光能够如飞地度过关山。

我们在傍晚停泊于一片白房子前，停在夜晚宿营的地方。恰是阴历的十五，抬头东山，眼见着一个明圆的月亮从线条舒缓优美如莫扎特小夜曲的山顶升上来，升到更开阔的天庭，木板房的前窗和后窗，被关山的月色照着，照成一个半透明的、羊脂玉般的夜晚。枕上辗转，往右侧，左耳朵听见夜鸟林中的呓语，向左转，夜风送来草地深处马脖子上铃铛的叮当在右耳朵中。

我睡在关山的夜里想念关山的夜晚，我没有离开关山就开始想念关山了。

没能骑马走过关山的黄昏，没能从滑索上飞荡而下。吕君说，怎么能不呢？多遗憾！

但是，不要紧，横竖关山是要再见的。

我再去关山会是什么时候？会和谁呢？

| 堇 茶 如 饴 |

隔着一条垄一块田，放羊老人大声朝我们喊话。大概因为他自己耳背，说话格外大声。他说，前面向南，路的拐角，有一块白地，那里的刺堇又大又嫩，去那里捡。环大声问他刺堇能吃吗？他答，能吃。做菜面，又筋又香。老人说话的声气叫我想到我的外公。

环还是不确信，再次说：别中了毒。

我们去寻那块白地，我跟环说，要不我觉得像是辜负了老人大声喊话的好意。

那时我们正在比邻村路的地垄上挖那几棵冒尖的刺堇。

现在是早春，冬天的时候肯定有人在这里烧过玉米秆，顺带烧着了陇上

的野草，草茬黑黢黢的，刺蓟嫩白的芽在黢黑的地皮上挺立着，轻轻一拔，就在手指间了，人嫩，不扎了。

环回到车上，去寻那把藏刀，她说不能伤了指甲，那样得不偿失。

寻野菜的记忆于环是个空白，这是城市长大的童年和乡村长大的童年的差异。田里刚打过农药的判断得到过放羊人的肯定，环说，就是长着仙草，也不要去寻。

那块白地一找就见。白地是荒地，环分析说，地的主人肯定比旁边地的主人更出息些，能让地荒着，可见是用别的方式不错地活着。荒地不久前是长着庄稼的，一块地比一个人坦诚，地的表情袒露着这些。野菜像无人看管的野羊，肥美美的、活泼泼的。无人照料的油菜成了野油菜，这会儿刚起苔，花骨朵儿抱紧在菜杆上，在风里招摇，黄黄的小胖手向我们固执地招。掰折了两三朵后我闻我的手指，是油菜清苦的香气。蒲公英刚长出地面，探头探脑的，有零星的几株，却早熟，刚露出地皮就抱花骨朵了，急不可耐的样子，猜想是被前不久乍暖起来的天气给捉弄了。

起风了。凉。阳光明艳，被风吹凉。风吹得刺蓟呼呼的，像是风用清凉的小手给刺蓟一个个耳刮子。我搜索记忆，不能确定荠荠是否能当野菜，最后只挑两三种认识的。藏刀轻轻一挑，野菜的尖尖在我手中，留根在土里，春风春雨，我愿意它们在我对它们多情的腰斩后顽强重生。

环捧着的袋子里已经有了鲜嫩的一袋。足够了。

回忆老人教授菜面的做法：把刺蓟淘了。和面。搓菜。把菜拌到面里。醒面。揉匀。擀面。他没说接下来煮面的方法，也没说是拌面好汤面好还是用油泼了好，大概是说下来的选择随各自的意吧。

环听后，一脸迷惑地问我，记住了没？我说，麻烦，不记。我有更好的方法：洗净。开水焯。换锅。热油。炸花椒、辣椒、葱段、姜丝。篦出油。趁热泼入焯过的菜中。再放盐适量、糖适量、醋少许、鸡精少许（醋用山西水塔牌的）。拌匀。吃。

环在风中吞咽口水，却还不忘问：会不会中毒？

我说会。要不我先给你尝菜，明早要还能在电话里说话，你再去尝试。

《诗经·大雅·绵》中有这样的句子：周原膴膴，堇荼如饴。堇荼如饴，那不是对野菜最高级别的赞美吗？

我猜想三千年前的周人是这样吃堇与荼的。他们在沸腾的大鼎里捞完最后一块麇鹿肉，鼎底的柴火已经抽去，火炭将灭未灭，鼎里随时还会冒出一声肉汤的咕嘟，一个勤快的女人蹲下身子，在半枯半荣的草丛里拔出几株肥美的堇与荼，顺手扔进咕嘟的肉汤里了。她尝了一口，真鲜香啊。于是更多的人都学她的样子，煮了。尝了。于是就有了这句赞美诗：周原膴膴，堇荼如饴。他们在美食后的满足里唱着舞着。

这个下午我采的菜里，除了变野的油菜，剩下的，就是堇和荼。

三千年前就有人替我们尝过了。没毒。

|清凉的玉华宫|

这一刻，我坐在我家的窗边，窗外雪花纷纷，是期盼已久的今冬的第一场雪。我看窗外的雪花，想起我刚去过的玉华宫，那里，正以冰雪的名义举办冰雪旅游节。

现在从西安出发去玉华宫，乘车，要两个半小时，但是在唐朝，骑马要走多久？我不知道。

唐朝的长安很热吗？热到皇帝要到玉华山里去躲避炎热？其实也许使皇帝内

心燥热的，不是夏天的炎热，是北方突厥的屡屡犯边，皇帝常常要面对来自北方的急报，哒哒的马蹄声响起，身居长安的皇帝就要心里燥热了，边地遥不可及，但是这是一个英明的、有胆识的皇帝，河山在他心中明了加一张标识分明的地图。

于是皇帝决定在位于今天铜川境内的玉华山建仁智宫，作为他及时处理政务、顺便休息以及围猎锻炼身体的地方，其实当年皇帝的作为近似于今天领导的现场办公。皇帝同时下令在更北的地方修筑城垣，挡住突厥兵如飞的骏马，确保长安城的真正长安。这个人就是唐朝的开国皇帝唐高祖李渊。这是624年的事。到了647年，真正得了热病十分怕热的唐太宗想起从前随父皇住过的仁智宫，想念玉华山如水清凉的松涛声，决定大肆扩建仁智宫，在原来的基础上修成5门10殿的巍峨建筑群，起名玉华宫，作为他的避暑行宫。

645年，在"有僧玄奘，欲入西蕃，所在州县，宜严候捉"的通缉令下前往西域取经，历九死一生的玄奘在14年后回到了大唐，这时他已是名声响亮、万目仰视的高僧大德了，太宗在看到玄奘的上书后表示愿意接见玄奘并宴请了他。不久，即在玉华宫落成的当年，即648年6月邀请玄奘来玉华宫避暑。648年的夏天，在玉华宫的历史上一定有着空前绝后的伟大意义，因为在重重殿宇的阴凉中热烈交谈的，在山林幽谷中边散步边交谈的，正是开创了贞观之治的一代英主和影响后世更为深远的伟大玄奘。也许正是在玉华宫这些共处的日子里，太宗皇帝更清楚地认识了玄奘，这是一个一心治学不慕世俗显赫富贵的人，他不畏畏途九死一生，他经历了无数诱惑的考验，一心只为求得真知。当他名声显赫功德圆满时，他却能万里归来，回到他的出发地。皇帝肯定在心中深深认知了这个人的伟大，敬仰他内心那个世界的宽阔。唐太宗在这里为玄奘的译经写《大唐三藏圣教序》，命太子李治在此撰就《述三藏圣记》。一座山，一座宏伟宫殿，两个了不起的人，在此聚合。在玉华宫建成不久的第三年，即651年，唐太宗下令废玉华变宫为玉华寺。今天我们考证不到皇帝做出这一决定的理由，但是，和玄奘没有关系吗？不见得？怎见得！从此这里成为大唐向北方边地传播无量佛法的地方，也是唐朝重要的佛寺之一。

这之后的十年，玄奘依然居于慈恩寺，翻译从印度带回来的经书。慈恩寺在长安，天子脚下的长安。这期间，也许是感到了生命中深沉的秋意，落叶渴望归根了，也许是感到来日不多，再也不胜长安城里的纷扰，玄奘两次提出要去少林寺居住，但是，两次，玄奘的请示都被皇帝驳回了。终于在659年10月玄奘再次奏请高宗皇帝恩准自己入住玉华寺，这次得到了准允。于是玄奘带着自己最得力的门徒移居玉华寺。此后三年，在玉华寺肃成院，玄奘完成20万诵的辉煌大典《大班若经》的翻译，带领弟子在玉华山的兰芝谷、珊瑚谷开凿石窟，敬造释佛造像，完成他心里最后的佛国世界图景。

《大般若经》一定是压在玄奘心里最为重要的典籍吧，完成此典籍的翻译一定令玄奘有如释重负之快慰，他像蚕吐出最后一根丝线一样疲惫而安详。

他嘱咐诸弟子："此镇国之典，人天大宝，徒众宜各踊跃欢庆。"

时间转眼进入了664年的正月，是玄奘入住玉华寺的第四年了，玄奘把《大德经》摆上自己的案头，但是只翻译了几行，就觉得眼前一片虚幻，于是收起梵本，对弟子说，我的力气尽了，死期到了。他让弟子陪他去兰芝谷、珊瑚谷最后礼佛完毕。不久的2月5日夜，圆寂于玉华寺肃成院。这一年，玄奘63岁。

无论玉华宫与玉华寺，在盛唐以前，就完成了它的由盛到衰。"安史之乱"后，诗人杜甫路过此地，已辨识不出往日宫殿的华丽与寺庙的巍峨，只看见老鼠在大白天恣意横行的颓败景象。诗人凄然感慨："溪回松风长，苍鼠窜古瓦。不知何王殿，遗构绝壁下。"

往日宫阙庙宇，在今天，更被时间覆盖得痕迹依稀了。建筑无存，人身寂灭。只有伟大的典籍能穿越时间，昭示后世。

站在玉华宫酒店那扇看得见月亮、听得见松涛的窗前，我想，只有这天上月，和当年玄奘仰望时的月亮是相似的吧，这松涛声，和当年玄奘聆听时也是相似的吧，或许还有那林中山鸡的一声啼鸣，那桫椤树上凝结着的明圆珠露，是相似的吧。

《大般若经》，全称《大般若波罗蜜多经》。唐玄奘译，共600卷。

"大班若经者。乃希代之绝唱。旷劫之遐津。光被人天。括囊真俗。诚

入神之奥府。有国之灵镇。自非圣德远覃。哲人孤出。则方音罕贸。圆教岂
臻。所以帝叙金照。皇述琼振。事邈千古。理锐三辰。郁矣斯文。备乎兹
日……"

如是我闻。

法 门 观 佛

雨是佛的仪仗队吧。如果佛挑剔，佛在搬家的日子要先有一场雨，洗去
人间的尘埃，好清洁着上路。这当然是人的联想。

如佛本身，佛是人造的佛，佛不在天上，佛在人间。

仪式开始前，我没能及时了解法门寺合十舍利塔的设计，等在大雨中蒙
蒙看见塔的形状，看一眼，又一眼，觉得颇像一双高高举起的手臂，有点
抽象，不似塑像的圆润与具象，但依旧是高举的手臂的模样，佛的无量与
神秘，人间欲望的具体和琐细都在佛的注视下。建筑设计者懂得这些，他
站在佛和人之间。

看大典的时候，有些断续的联想：

身处这么大的雨中，要不是佛事，而是换成别的庆祝，这会儿还能这么
罩住人身吗？据说此前为了大典的顺利进行，气象部门根据雨云的判断实施
了止雨措施，且说这止雨是比增雨更难的一项技术。但是，雨在大典开始时
忽然至，且伴随庆典始终。可以理解为人没能胜天吗？那就是佛意了吧。毛
主席都说：天要下雨，由天去吧。

人去佛那里，总是想着索要的吧。但佛经里，却是鼓励人的施与：亲手

施与，使人手指修长；用香水浴佛，可以身体康健，气息芬芳；用香水浴众僧，可以使家小俱安泰……得一定伴随着舍，得在舍之后，得最快也在舍之同时。这是佛的本意吗？十年前，我曾有幸去法门寺的地宫里观瞻那些著名人物给佛的著名的供养，地宫的金碧辉煌至今在我的记忆中。

但是人间的欲望太多，因此人塑了千手观音。

那天在电视前观看现场直播的朋友跟我说，那些表情寂然的高僧大德大雨中的脸如何使他难忘。他说，毫无遮掩，任雨冲刷，哪像你们，凌乱伶仃。我说，我们在雨中肃立，顶多像落汤的凤凰，高僧大德不同，那是浴佛。我觉得他们一步步走过佛光大道的感觉十分震撼。我记住了。

大名打电话来时，我说我在法门寺，在瞻仰佛指舍利乔迁新居，大名忽然低调：佛的事我不懂，不能说什么。不能说。

收电话时我忽然想起荀子的话：默而当，亦知也。

|周原与周公庙|

一块字迹依稀的龟甲在三千年前是庆祝战争的胜利还是祈望和平的可贵？森林里跑出一只怪兽，能捕吗？连续几天太阳在岐山顶冒红的时候那条大鱼都会出现在水面上，大鱼为何而来？ 听，那只凤凰又叫了……三千年前周原上生活的人，是否都想把自己的迷茫说给周公听？今天，缓步在周公庙绿影斑斓的石阶上，我的心里也深藏着美好与祈愿。

白君端坐庙门内侧，白君坐的可是往常占卜师的位置？他说，你也过来抽一支签！我听见自己急速的心跳声，我说我不抽签。去寺庙，我总是不抽

签的。我不知道理由，我对自己未来的命运有不想知道究竟的安然吗？让未来存在在未来吧。我模糊地想。如果一切都有注定，干吗要早知道呢。但白君再三再四地喊我去。那好吧。我说。

抽签。卦签在签筒里一片混响，摇卦的人心里乱成一片，我忽然明白，我对自己的未来命运是紧张的，好奇的，有盼愿的。

摇签心要静，你的卦签迟早都会出来，你不要心急，静心摇。我听见临时扮作司签的白君在旁边提醒。我干脆闭眼，不看什么，但又想到，白君不正可以看个分明，我闭着眼睛，一米外的白君可是睁着眼睛的。热，我觉得。脸热，心跳，这是干嘛呢。

这次听见白君的声音：多好的签！这是卦辞，拿回去细细读吧。

走出那道庙门，耳边是细碎的明亮的鸟鸣，淡淡的木香风满怀。

《诗经·大雅·绵》记载：泾渭之间的周原，地势广袤，土地肥美，周人的祖先，被后世尊为太王的古公亶父率族人"去豳，渡漆沮，逾梁山，止于岐下"。从此，在岐下这片就连生长的苦菜也甘甜如饴的地方，周人完成了自己的经济和文化积累，日趋强大，终于在周武王时一举伐纣灭商，建立了中国历史上的西周王朝。那是一个漫长的如诗如歌的历史朝代，是被孔子无限感慨与向往的"郁郁乎文哉，吾从周"的浪漫迷人的诗样年华。那也是一个充满神话传说的时代。西周王朝奠定了中国政治制度的基础，其时所创立的礼乐制度也成为中国传统文化的核心。

历史总是充满了奇迹和巧合，似乎总有神秘的力量在最不经意间撩开历史的一角轻纱，把一段神秘与悠远打开，呈现在今人眼前，让人惊叹与诧异。

近年来周原一系列重大的考古发现，都在一一印证着这块土地上深厚的历史渊源与文化积淀。大量青铜器、铭文龟甲的出土，让后人有机会揭秘青铜器极盛时代那段非凡的青铜文化。

"岐邑多胜迹"，是对岐山这块有着悠久古代文明的地域的恰当注脚。"有卷者阿，飘风自南"、"凤凰鸣矣，于彼高岗"，《诗经》里反复吟咏的美好之地，即是今天岐山凤凰山南麓的周公庙所在地。

在刚刚公布的"2008年度中国考古十大新发现"中，周公庙位居第四。周公庙考古经过5年发掘、研究，确定了"大周原"的时空范围；建立了商周时期考古学文化分期体系；破解了大周原区域聚落形态和商周时期的聚落结构，为中国夏商周断代工程研究奠定了良好的基础，其历史价值自然极高。

周公庙始建于唐武德元年（公元618年），是唐人为纪念西周政治家周公姬旦修建的。

周公姓姬名旦，是周文王四子，武王的弟弟，成王的叔父。他生于岐邑，曾辅佐武王伐纣灭商，建立周朝，是周王朝的开国勋臣。他不仅是卓越的政治家、军事家，他还定制礼乐，建立朝纲制度，为巩固新兴的周王朝尽心竭力。"周公吐哺，天下归心"。被一代枭雄曹操长啸感慨的这句诗即出自周公"一沐三握发，一饭三吐哺"的典故，尤为后世有志之士乐道。周公制定的君臣、父子、夫妇、上下、尊卑、贵贱等典章制度和礼节法规，为封建社会的伦理道德奠定了牢固基础，对健全国家机构、稳定社会秩序、促进经济繁荣，起到天下大治的作用。

庙区现存古建筑30余座，占地约7公顷，整体建筑对称布局，除周公殿，还有周三公（周公、召公、姜太公）殿，以及后稷殿与姜嫄殿。碑与石刻众多，汉、唐、宋、元、明诸多朝代均有。庙内古树苍苍，亭榭楼阁，史迹郁然。

从"人文荟萃，史迹昭然"的周公庙走出来，眼前是四月的古老的周原。"周原，荼如饴"。历史在殿堂庙宇的斑斓重影中，也在春光中一株摇曳的野菜的生动里。凉拌荠菜，凉拌灰灰菜，凉拌苜蓿……千年韶光流逝，周原上的人却不会吃厌那些野菜。今天在周原采野菜的女人，和三千年前周原上躬腰挖野菜的女人的姿势总有些相似吧？我在岐山民俗村一桌野菜的甘美里，在一碗碗红油汪汪的擀面皮煎汤面的香味里，把宏大的历史和细微的现实对接上。我想，历史，有时候是否也在一钵小小的吃食里。

| 如 梦 令 |

听说济南有名的泉水有72处，趵突泉、黑虎泉、溪亭泉、珍珠泉、百脉泉一一看过，再看众泉汇聚成湖的大明湖，觉得济南叫泉城当之无愧。在灿若一朵大墨菊的墨泉边，我想象济南的地壳或许就像一只大椰子，钻一个孔，就能咕咕冒出泉水来。

"百脉寒泉珍珠滚"的百脉泉在距济南50公里的章丘。济南朋友热情推荐，百脉泉好，要看一看。

居于百脉泉之上修建的百脉泉公园一隅，据说就是李清照的旧居所在地。

在济南大明湖公园也有今人纪念她而建的李清照纪念堂。百脉泉边，看游鱼停在咕嘟嘟的泉眼上享受冲浪浴，看名泉在早春的阳光中哗然奔涌，看岸边柳枝初显的蒙蒙绿意，耳边回响的，却是词人那首忍着笑意的《如梦令》：常记溪亭日暮，沉醉不知归路。兴尽晚回舟，误入藕花深处。争渡，争渡，惊起一滩鸥鹭。

清照故居好像济南有，章丘有，青州和杭州也有。在词人后来几十年的漂泊中，她短暂或长久居住过的地方，岂止这几处？人生如寄，漫漫岁月里，物质的存留湮灭难寻踪迹，但还有她的文字幸存下来，记录一个人的依稀踪迹。

溪亭是否在济南暂且不论，在这个早春的正午，穿过章丘清照故居寂然无声的门厅，远远瞥一眼她和夫君赵明诚举杯品茗的白色塑像，回望廊外哗然奔涌的明亮溪水，难掩心上泛起的一片幽暗，我似乎听见一串难以描述的脚步声穿过这院落，在一株海棠花前停驻又走开，走走停停，寻寻觅觅，不知缘故。

"昨夜风疏雨骤,浓睡不消残酒。试问卷帘人,却道海棠依旧。知否?知否?应是绿肥红瘦。"这是词人的另一首《如梦令》。

如梦令。

在一个四季分明的城市,季节恰好对应词人心上的点滴。和羞走,倚门回首,却把青梅嗅。无论春红还是夏绿,万物竞秀,如人,正青春。

李清照的第三首《如梦令》作于中年后,更白话,全句如下:谁伴明窗独坐,我共影儿两个。灯尽欲眠时,影也把人抛躲。无那,无那,好个凄凉的我。

"伤心枕上三更雨,点滴霖霪。点滴霖霪,愁损北人,不惯起来听。"杭州不是故乡,故乡、故人皆已不堪闻问。活着的人,只能仰脸望天?望天,天上是"雁过也,正伤心,却是旧时相识"。看窗外,窗外春光,又一年。"闻说双溪春光好,也拟泛轻舟,只恐双溪舴艋舟,载不动,许多愁"。拟泛轻舟,身体却坐牢于这"载不动"的"愁闷"里,只能这样了。只有那路过檐下的风,听见词人的幽然叹息:"不如向帘儿底下,听人笑语。"笑语终归是别人的,她拥有的,只是心间这敌不过的"晚来风急"。

某次采访一位大学问家,问完备好的题目,歇下来喝茶,临时又问了一个十分八卦的问题:要是蔡文姬嫁给曹操,会怎样?

大学者把头摇得像小孩手中的拨浪鼓:不可能!怎么可能呢?

怎就不能呢?

理由一二三。末了,他羞涩一笑,在汉时,四十岁的女人,已经很老了。

文姬归汉这一年,是35岁?还是38岁?总之是离40岁不远,离"老"不远了。

经历了战争、离乱、死别、生离的蔡文姬在曹操的周旋下返回故乡了,回到故乡孑然一身的蔡文姬得到曹操慷慨赠与的礼物,一个英俊有才华的年轻男人,曹操让这个男人做她的丈夫。三个人、三颗心,他们的所思所想所为今人谁能知晓?

今人知道的只是,这个男人对自己的获得并不以为然,他只是碍于上级的情面,他爱他的仕途自然大于妻子,得到就得到吧,不得已就不得已吧,

心里无所谓就是了。他娶了她，他放下她。

但是命运在某一刻和这个男人打了个赌，他犯了死罪，而他的妻子，披头赤脚地向他的上级求情，一向善于变通的曹操这次也能找到变通的理由，他赦免了这个叫董祀的男人。

死里逃生，董祀从未如此清醒地看待过自己的命运。他醒悟了，他知道自己想要的生活在哪里了，他从此珍重起眼前人来，他和她选择了远避山林的静好岁月，他给她安宁，他让时光静静抚平她心上的创伤。

这是善终。

但是，同样经历了战争、离乱、死别、生离的李清照没有一个强大的男人做她躲避风雨的屋脊，她需自己独对风雨，于是她老了。

她寻寻觅觅，但是，只有冷冷清清，只有凄凄惨惨戚戚。

她死了。枝头抱香死，那只是一个诗意的比喻。

出生于今天山东济南历城的辛弃疾有首《西江月》词，其中"蓦然回首，那人却在，灯火阑珊处"句，那在"灯火阑珊处"的，仿佛是我在章丘李清照旧居游走时所感受到的，属于女词人的，那无处寄居的老灵魂。

|望岳：华山耸立天地间|

对一座横空出世的山，没有人能够目睹它的生成，于是，人站在局限外，追溯，想象，仰望一座山，面对山的长寿与古老，生出关于时空、关于

瞬间与永恒、关于偶然与必然的联想。古语说，仁者乐山，智者乐水。想来是人在山水间看见天地的恒久和作为天地之间一行者的人的渺小，于是，智者孔子对着一条滔滔大河发出"逝者如斯"的千古感慨。

相比较于江河，山更有概括力。山怎么就屹立在那里了？山里面有没有住着神仙？山外青山，而青山之外，还有什么在那里不为我们所知道？这几乎是我们这个古老民族每一个伴山而居的人与生俱来的叩问。

在古老的中国文化中，作为贵为天之骄子，居万人上的中国古代帝王，也深知天高不可及，但是，在距离天最近的高山之巅封禅而祭之，也就近于天近于神灵了。帝王们为了"报天之功"，常以雄伟险峻的大山为祥瑞，在峰顶上设坛祭祀，举行封禅大典。祈求国家昌隆，人民安定，江山永固，自身永泰。这就是五岳制度的最早源起。

"岳"的意思是高峻的山。中国的名山众多，比如庐山、黄山、峨眉山……而唯独泰山、华山、衡山、恒山、嵩山这五座山被尊为"岳"，不是没有道理。拿泰山、华山、嵩山三座山来说，都居于黄河岸边，黄河是中华民族的摇篮，黄河流域是华夏祖先最早定居的地方，华夏文明最早诞生于此，于是，古人的目光流连于这几座山也就正常了。五岳在我国虽不算最高峻的山岭，但都高耸在平原或盆地之上，这样也就显得格外险峻了。《诗经》中有"泰山岩岩，鲁邦所瞻"，《山海经》记载"太华之山，削成而四方，其高五千仞，其广十里"等，就是最好的说明。

山有仙而名，古代帝王附会五岳为群神所居，在诸山举行封禅、祭祀。五岳的说法始见于《周礼》："以血祭社稷、五祀、五岳。"现代学者认为五岳的思想是糅合商代以来的四方神和战国初期的五行观念而形成的山岳崇拜。

据考，五岳说始于汉武帝。唐玄宗、宋真宗封五岳为王，为帝。明太祖尊五岳为神。而在汉宣帝所定的五岳中，以安徽的天柱山为南岳，河北的大茂山为北岳，后改定湖南的衡山为南岳，隋以后成为定制。到了明代，又以山西的恒山为北岳，清代移祀北岳于此山，成为今天我们所说的五岳。

五岳在方位上、色彩上、气候上，甚至在图腾崇拜上都有严格的规范。

从东岳泰山到西岳华山，从南岳衡山到北岳恒山，都有各自兴味盎然的话题。在五岳文化的坐标中，有各自严格的对应。五方里，东西南北中，五行里，金木水火土，五色中，青白红黑黄。东岳泰山对应五方中的东，属青帝，主木；西岳华山对应五方之西，属白帝，主金；南岳衡山对应五方中的南，属赤帝，主火；北岳衡山对应五方之北，属黑帝，主水。传说中，五方居中的是轩辕黄帝，对应的色彩为黄色，主土。据考五岳文化始于华山，相传大禹为人类始祖女娲的第十九代孙，据说在今天的华山之腰，还留有大禹治黄河水时为河流劈山开道，有巨灵前来帮忙，推开中条山和华山，留下的一道鲜明的印记。

沿着这道刀劈一般的深痕把镜头缓缓拉开，巍峨险峻的华山给人最美好的联想，恰是一朵地涌金莲。据说这朵莲花在这里已经绽放1.2亿年了。这座通体由一块完整的花岗岩体构成的巨山，天然形成东西南北中五座山峰，即东峰朝阳、西峰莲花、南峰落雁、北峰云台、中峰玉女，五峰簇拥，恰像莲花绽放的五个花瓣，正如《水经注》所说："远而望之若花状"，故此得名。

成因的独特决定了华山的奇险，无论是古代皇帝还是诗人，都恨不能有通天梯可与山比高。《尚书》中记载，华山是"轩辕黄帝会群仙之所"。《史记》中说黄帝、虞舜都曾到华山巡狩。秦昭王时，曾命工匠施钩搭梯攀登华山。直到魏晋南北朝时，都还没有通向华山峰顶的道路。到了唐朝，随着道教的兴盛，道士开始居山建观逐渐在北坡沿溪谷而上开凿了一条险道，这就是"自古华山一条路"的来由。

由于华山险阻，唐代以前很少有人登临。贵为帝王，更是望山止步，只能遥望华山寄托情怀了，望岳，拜岳。

那么，就得给神仙建造一个安身的居所了。西岳庙始建于西汉武帝时期，它的前身是集灵宫，是汉武帝在华山脚下创建的祭祀西岳神的第一座庙宇。东汉王朝建立后，继续侍奉华山神，但由于王朝中心东移，为了更好地实现"望祭"的心愿，就将"集灵宫"神庙迁到了靠近长安通往洛阳大路的今址。据载，开元十二年冬，唐玄宗李隆基途经西岳庙去东都洛阳时，恍惚见到华山神亲率群仙迎候礼敬他，大喜过望，亲自写下碑文，让华山刺史勒石纪念。这就是著名的"树之平地，疑若断山"的唐玄宗御制华山铭碑。碑铭"高标赫日，半壁飞雨"。可惜唐末黄巢起义军攻破潼关，捣损了石碑，今余残碑碎块仍静静地躺在西岳庙内五凤楼边，碑四周为线雕的神兽图案，碑身"驾如阳孕"四字是碑文中"仙驾如闻"、"阴阳孕育"句的残存。碑身侧面刻有飞天，飘飘若飞，真有"吴带当风"的气韵。

作为历代帝王祭祀华山神的场所，西岳庙把它"百丈层楼隐深树，飞甍正欲摩苍穹"的气势镌刻在了历史中。古来多少兴废事，今天，重修的西岳庙正因其文化的源远流长，人文古迹的众多，成为重要的游览胜地，吸引着千千万万的游人前来观瞻，从这里仰望华山，发出心中"华山如立"的第一声赞叹。

｜在华山脚下听老腔演唱《好了歌》｜

九月去华山参加一个研讨会，聊发了一回少年狂，要一步一步地，走着到山顶。下山的路上，几个同行当即表示，五年内，不会再上华山了。谁料想，十月就又去了。打电话的女子也是九月同上华山的，担心我不去，蛊惑说，去吧，华山嘛，哪能不去？当然去。我说。

会上听说，晚上有华阴老腔的演出，看过的，没看过的人，都很振奋。而我，更是欢喜与期待。

真正的老腔演唱不过三十分钟。可能担心演出短，主办方华山管委会特

意安排了前面的众明星的演唱，这使得等待那些老腔演员出场，如在华山东峰等待日出时的心情一样。

演员的出场也像是太阳出世，千呼万唤中"哗啦"的一声。

是欢天喜地的一声呼喊中，蹦到舞台中央的。所谓舞台，是绵延的深阔的黄土背景中，一座屋、一眼井、一架辘轳、一盘石磨、一棵老柿树。是从纷纷生活中截来的一个再平常不过的关中农村的庄园即景。是"天做亮子地做台"。是"凑过来"。是"吼着"。是"谝谝"。

就这样携带着日与月，携带他们各自的日常。

他们似乎什么都准备好了，什么都可以自带，什么都能带来。如日常去地里，携带他们劳作的农具一样，那么的自然而然。

> 女娲娘娘补了天
> 剩块石头成华山
> 鸟儿背着太阳飞
> 东边飞到西那边
> 天黑了　又亮了
> 人睡了　又醒了
> ……

茫茫世界在这里有了一个小小的收口。我说不出歌声中的好。我只分明觉得那就是好。

天地人，却原来，是如此的。

> 太上老君犁了地
> 豁条犁沟成黄河
> 风儿吹　月亮转
> 东岸转到西岸边

麦青了 又黄了

人兴了 又张了

……

《关中古歌》、《劝孝歌》、《关中十大怪》……时急时缓，也热烈铿
锵，也婉转悠长。座中人如皮影，被歌者和他歌声的线索牵扯，一个个坐直
了身子，伸长了脖子，目光里是纠缠的悲欣交集。

悲欣交集。

把秦腔的每一个字词写在纸上，你坚信，那是世上最准确干净的字句。
高度浓缩。生动无比。

难怪这古腔古韵还能唱《好了歌》。好到极处，就是好了。

世人都说神仙好

只有功名忘不了

古今将相在何方

荒冢一堆草没了

世人都说神仙好

只有金银忘不了

终朝只恨聚无多

及到多时眼闭了

……

悠扬的歌声响起，是说不尽的沧桑、是沧桑之后的永恒寂静。

我引用阎纲老师听华阴老腔演唱后的感慨，他说，作为陕西出生长大的
人，我到过很多名山，却在古稀之年第一次来到华山，用陕西话讲这是"羞
先人"。这次朝华山，我在心里早已经是三叩九拜。华山是至崇至高的。华

山不但高，不但雄，不但险，而且充满着禅意。华山是现实主义的，更是浪漫主义的，不但是行而下，也是行而上，是顶天立地的，你站在山下，你又上到山上，你思索天空的含义。天是空的，而空又是什么呢？听老腔演唱《红楼梦》里的《好了歌》。真要叫我五体投地，人都说神仙好，但和现实结合，富贵怎样？达官怎样？娇妻又怎么样？登华山就是让我有海阔天空之感。

天是空的，天真的就是空的。于是我想起弘一法师临终时说出的一个句子：天心月满。

长 白 山 上

冷与暖并存的山

长白山是冷与暖并存的山。当高山杜鹃和野花在料峭春风里展露欢颜，当秋风把白桦岳桦的叶子吹黄吹红的时候，当热气腾腾的温泉在白雪覆盖的原野哗然流响的时候，当高山草甸在漫漫寒冬之后迎来它花开刹那的青春期的时候，我看见这山的热情，热烈，热闹。但它又是冷静、冷冽的。即是在一年中最温暖的七、八月，也有寒风呼啸，雨雪纷纷，冰雹骤至的极端天气。

因山头裸露火山喷发时形成的白色火山岩，且"山上终年积雪，望之皆白"。故名长白山。主峰长白山是一座休眠性活火山。无法猜想久远年代那一次次火山喷发时的情状，今天，只有从这奇峻峭拔的深邃峡谷，这不肯被植物的勃勃生机所依附的荒凉峭壁，暴露在谷口的断岩层，苍黑的碳化木去遥想那几番惊天骇地的壮观景象。火山喷发造就了长白山的巍峨壮观，大气、雨水、时间又赋予山一份温婉秀丽。火山口形成的天池之奇，苔原与大峡谷的俊与峻，桦林的秀丽，飞瀑的幽深，都使人向往与留恋。

温凉泊

天池另有一个名字：温凉泊。这简直像一个满怀诗意的科学家给命的名字。

很长时间，我对长白山的认知，仅止于天池。照片上的天池，蔚蓝冷艳，幽深神秘。看它或深蓝或灰蓝的调子，倒影云朵的一汪水如镜，接纳、却又天然地拒斥着什么。关于天池神秘生物的假象使它表面的清澈瞬间变得缥缈难测。不是所有去看天池的人都能见到她的美丽面影，当地的朋友一再预告。但是我们来了，见了，幸运！我打量眼前那一汪深蓝，回眸身后色彩绚烂的苔原，听身边摄影的人急喊，快点拍快点拍，再不拍，就看不见了！果然，一片雾过来，更大一片雾过来，天池隐匿了。明亮的太阳忽然隐没，变幻不定的云雾后面似有仙人出没，有沁人心脾的水雾漫上脸颊，伸手，却不见自己的手。站着不能动，如在幻梦之中，稍等，雾又如轻纱随仙人飘夫，只见眼前峰影云朵倒映碧池，环湖的百丈峭壁嶙峋嵯峨，身后苔原上，风迈动清凉的长腿一溜跑过。

处在海拔2千多米的高度，天池的结冰期据说可达六、七个月。但池内多处温泉形成几条温泉带，在温泉带内，水温可以保持在42摄氏度，即便隆冬时节依然热气腾腾，这大概就是天池又叫温凉泊的原因吧，名字好听，像美人的乳名。

在长白山看树

我在一片暴露在路边岩层中的碳化木前遥想当年此地茂密的植被景象。据载长白山多有炭崖，从前上山打猎的人捡拾那些黑炭引燃，用来烧烤鹿脯，称之为神炭。

长白山植物体系多样，从长白山、鸭绿江河谷到长白山主峰，跨越从温带到极地几大类主要植被类型，海拔上升，气温渐降，空气湿度增大，雨量随之增多。山体自下而上分布着针阔混交林带、针叶林带、岳桦林带和高山苔原带。

秋天的长白山是绚丽缤纷的，在高海拔地区，高山苔原呈现大片的苍黄与深红，以大片灰白色石灰岩为背景，显露着生命的坚韧与绚丽。大团云朵投下如梦如幻的云影，强烈的紫外线辐射使空气显得十分通透，白桦岳桦林带在山麓展现一年之中最绚烂缤纷的色彩。

长白山是植物的世界。对我们这些大山的客人，在原始森林认树，就像是在国外看外国人，分明是刚刚见过面，转身又不识得了。

先说美人松。美人松又名长白松，据说全世界仅限于长白山北坡某段狭长地带生长。我以为去了会看见一群袅娜的美人，但我看见的是一棵棵需要仰视到帽子落地才能看到顶的高大树木。树冠椭圆，树枝苍绿，树干下部呈棕褐色，有深的龟裂，上部棕黄或红黄色，呈薄片状剥离。挺拔、高大。但怎的就呼美人了，与美人何干？直到往林子外面走，直到快要走出树林，这疑问还在心里。走出那片美人松林，一轮红日将落未落，再次回眸身后那片松林，一棵棵松树修颀地站在落日的灿烂里，淡粉的树干婀娜、优雅，可不正像一群姿态端庄、面容婉约、眺望远方的美人吗？

最抒情优美，最使我难忘的，是长白山深秋的桦树。

林区的人告诉我，识辨某片林子是原始林还是人工林，要看树木的长势，整齐、少变幻的，即是人工林，而原始森林树木参差，树种丰富，因为树与树的自然生长、分化，差异，呈现出各个不同的面貌。原始的岳桦林有梦幻般的美。金黄灿烂的树叶衬着白的斑驳树干，阳光的妙手调和着它们的颜色，用相机拍那些树，随心取舍，不能罢手。

在海拔近两千米的长白山"高山花园"地带，是针叶林带与岳桦林带的自然分界。分属于两个植被带上的代表性树木是松树和桦树，在这个地带里，偶尔可见两棵不同的树共生共荣，比如松树和桦树相依相抱。松树枝干苍黑，桦树树干苍白，松针苍绿，桦叶金红，在深秋的山野，它们用冷与暖，动与静映衬得苍山如画。当地人比喻这奇特景象为"松桦恋"。

| 岱宗夫如何 |

2012年3月3日。在济南。

想去泰山、去孔庙、去蒲松龄故居，当然，趵突泉、大明湖也要看一看，如果可能，再去清照旧居、稼轩旧居看看。

但是，行旅匆匆，鱼与熊掌，岂能兼得？

那就泰山吧？泰山。乘缆车上，只是一杯咖啡的时间，我们已是身在中天门了。从中天门到南天门，即便是用跑过一千米的余力，也能轻松走过，这使我心生恍惚，觉得那么一座名声响亮的山，岂能这样轻易抵达？就这

样？敢说自己来过？不真实呀。

林地里白雪斑驳，踏雪而来的风吹在脸上，不冷，还有点温润，恰好抹掉人身上、脸上走出来的那点轻薄的热。

过天街，想起那句诗：天街细雨润如酥。润如酥的细雨我遇见过，在太白山下。但这天街半阴半晴。我停下，停在一年轻妇人的煎饼摊前，不转睛地看着她把一个又大又圆的金黄煎饼卷好大葱递过来，我知道这个小麦和小米两种面粉掺和的煎饼还有一个名字"不翻"——把面糊倒进平底锅中，摊平，盖上锅盖，稍候，饼熟。不用给饼翻身，故谓之"不翻"。今夜我在这里回忆天街，耳边的风声缥缈、摊主热情推荐泰山石的声音缥缈，而牙齿间锐利的大葱味道，依然充盈鼻翼。

"岱宗夫如何，齐鲁青未了。"

我想象24岁的杜甫登览泰山时的情景。杜甫一定是一步一步地，一步步地，他丈量了山之高，体会了林之妙，他用了一整天时间，或者两天，或者三天，他看见泰山的黎明，他记住泰山的黄昏，时间在他那里是时间本身，不慢一步，也绝不快一步，它存在着，真实，由无数的细节织成，能够被看见，能够被体察，因此他的诗句才能那么完美如一张景深悠长、细节丰满的好照片。

他赞叹："造化钟神秀，阴阳割昏晓。"

他接着赞叹："荡胸生层云，决眦入归鸟。"

他继续慨叹："会当凌绝顶，一览众山小。"

"会当凌绝顶，一览众山小"，这样的句子，倘是从今人的嘴里念出来，多有一种心口不一的失当，因为你来得太容易了，你连汗滴脚背的淋漓感觉都不能有，"一览众山小"的快慰怎能得来？那是没有饥饿感的客人，面对主人慷慨摆下的一桌盛宴。

《望岳》诗杜甫写过三首，除了东岳泰山这首，还有写南岳衡山和西岳华山的。

"西岳峥嵘竦处尊，诸峰罗列似儿孙。"这是杜甫眼里的华山，这一年已经中年，仕途颇不顺意的杜甫登上了华山。他看华山的高峰和低峰，他觉得那是爷爷和孙子的关系。

即便在今天，有安全的步道傍护，一步步登览华山也极考验勇气。就算乘缆车上，缆车悠荡而过，俯视身下的万仞山，对恐高者，仍会产生深切的昏晕感。登览华山，杜甫的无力感在身体上的，更是精神上的："安得仙人九节杖，拄到玉女洗头盆。" 他在问谁呢？

"车箱入谷无归路，箭栝通天有一门。" 是说山的，也是说世间人事的。

"稍待西风凉冷后，高寻白帝问真源。" 我就听身边热爱登山的人不止一次说，登华山最好的季节是在秋天，运气好的话，可以在山顶看日出，可以远眺黄河、渭河、洛河三河的交汇处。

泰山之巅之于杜甫，是"一览众山小"，华山之巅之于杜甫，是"高寻白帝问真源"。

我们因登山推迟的午饭是在山下的小城泰安吃的，在一家叫"旧味居"的朴拙小店里吃山东饭菜，饭菜好吃。

泰山成全了泰安的宁静与优雅，我觉得做一个泰安人是美好的，因为行走在城中，只要抬头，苍茫的泰山就在你的眼眸中映着，低头呢？

我低头，我看见泰山在我的茶碗里。

|小 镇 巡 检|

阿蛮：

当鸟群从花梨树林腾空而起，越过黎明群山的剪影，向被云纹装饰一新的斑斓天空飞去的时候，我在巡检小镇的一天开始了。

今天我们计划登上仙鹿山顶。仙鹿山是绵延秦岭诸多山峰的一座，海拔1926米，和海拔2150米的华山几乎比肩，它们一险一秀，恰成对比。因此，到巡检旅游的人，倘使对眺望华山有浓厚兴趣，登仙鹿山是聪明的选择。

巡检在华山南麓，巡检在洛南县，洛南旧名华阳，即取山之南为阳之意。

除了仙鹿山，巡检另一座著名的山是老君山，华山也有一个著名的风景点，老君犁沟，我这样说，是想让你知道，这两地在地理位置、地质结构、地形地貌上的渊源，不同的是，它们一个在秦岭南坡，一个在秦岭北坡，每年，当浩荡的东南风挟裹着大量温湿的暖气流来到这里，秦岭南坡的仙鹿山、老君山上桃花粉红、杏花雪白，而秦岭北坡的华山依然白雪皑皑，亿万年如斯，想想有多神奇。看看海拔，华山并不是很高的山脉，但是它耸立此地，却有非凡的险峻，也拥有了它独一无二的非凡气质。

仙鹿山呢？此山清、秀、幽、雅。每年的春天，山下的油菜花开了，麦苗青了，山野慢慢被繁花覆盖，那是花的世界，花的喧闹，桃花、杏花、梨花、樱桃花、李子花沿着植物的垂直分布带次第开放，仿佛每一步都踏在春天的脚印上。"人间四月芳菲尽，山寺桃花始盛开"说的恰是这里的景象。

当芭蕉和翠竹在农舍边撑起一片浓荫的时候，蝉在高枝上鸣叫，蝉鸣夏更幽，幽的正是这里的夏天。这凉爽会吸引更多人到来，那时，土地丰富的出产吸引大批游客来这里的农家乐享受乡村美食，体会农家乐的全然绿色。原住民眼见着这热闹，眼前的好收入，会惊讶快乐的简单，不就是自己土地的出产吗？鲜艳的南瓜和绿豆，红的辣椒，紫的茄子，豇豆长长地垂在玉米的株棵边上，提醒那渴望啃青玉米棒子的人，玉米熟了吗？能煮着吃了吗？当然，你挑着掰玉米棒子，直到中秋前，也能在老玉米中寻着嫩泡泡的玉米棒子。

全世界的秋天都是美丽的吧。秋天更是这里一年中最美丽的时分。柿子红了，山枣红了，五味子红了，核桃熟了，野生猕猴桃熟了，八月炸如花朵炸裂开了……满世界一个甜美了得。

更好看的，是此时的山野，烟树、枫树、漆树、栲树、花梨树、橡子树，山毛榉树，叶子或红或黄，恣意地渲染着山里的景象，松树、柏树、杉树，众多常绿的树木，在众树的喧哗中冷静沉吟，让我联想捻须微笑的老神仙。

当一年一度的喧哗潮水般退向时间的深处，当村庄安静下来，只有屋舍的烟囱报告主人的消息，那随雪花一起来到院场上的，是蓬勃的麻雀。呼的一团来了，再呼的一团去了。麻雀大概是世上最无忧虑的鸟雀了，宽容的主人也会像对待自家养的鸡鸭一样，撒一大把谷粒，给雀儿过冬呢。

让我们回到此刻，秋天。还说仙鹿山。

这里的很多地名和鹿有关。和一个关于鹿的传说有关。比如仙鹿山，比如鹿鸣谷，比如驾鹿。如上的名字对应这里的一座山、一道幽谷和一个村庄。在当地，有一个众人皆信的传说，传说是这样的，说巡检的群山中住着一位美丽的姑娘。姑娘美丽还勤劳，勤劳的姑娘进山采药，山高路远，藤萝葳蕤，采药归来的姑娘迷路了。姑娘肯定是被惊吓住了，她哭了吗？泪眼模糊的姑娘擦一下眼睛，她看见一只美丽的鹿如仙鹿出现眼前，鹿在姑娘身边卧下，只等姑娘骑上它的背脊，这时候姑娘忽然看见鹿的右耳朵背后那三道

白色条纹，多像自己小时候养过的那只受伤的小鹿，伤鹿是父亲去山上采药时遇上的，鹿的腿受了重创，鹿在小姑娘的精心照料下迅速康复，又被父亲放归山林……姑娘自然走出了大山，于是姑娘遇见鹿的地方从此有了一个美丽的名字：驾鹿。姑娘骑着鹿走过的幽谷据说常常能听见鹿呦呦的鸣叫声，于是山谷就叫鹿鸣谷，姑娘走出的那座山就叫仙鹿山。传说那只美丽的仙鹿后来时常出没，在每一个善良人迷路山中的时候都会适时出现，带领迷路人重返家园。

我固执以为，能诞生传说的地方都是有灵性的，有趣味的，美的。何况这传说本身如此美丽，引人遥想。传说是有前提的，你想啊，倘使一个捕猎动物的刽子手迷路山野，会如何？

山逶迤，谷相连，走过清凌凌的溪流，走过野菊花烂漫的山谷间的开阔地，走过一片片原生的密林，听溪流的声音，鸟儿们婉转啼鸣的声音，山果砰地坠落草丛的声音……在这样的路上走着，就算忘记目的地，忘记登上山巅的极限之美，也是幸福的，但是，一大片遥远地质年代形成的石海出现眼前，我们到达山顶了，这是仙鹿山的山巅，从此处向北眺望，华山那峭拔的身影似在我们伸手可及的距离了。

万道霞光穿过云层，照耀着那一片庄严的山脉，要多壮美有多壮美，要多震撼就多震撼。我想起上山路上听人感叹他在一张照片前恐高，言说自己某次欣赏一张华山的摄影照片，忽然感到一阵天旋地转的昏晕，从此确知自己今生都和华山无缘了，但是，那一刻，恐高者就站在我身边，如醉如痴地对眼前的华山行着长久的注目礼呢。可见登仙鹿山的好处还有一个，那就是能成全恐高的人完成对华山的瞻仰。

"诸峰罗列似儿孙"，这是杜甫吟咏华山的句子，凝目此刻，唯见群山似聚，沟谷如河，眺望青空，白云涌动，秋阳绚烂。如鸟俯瞰，看见山下，人类建造的城池如棋盘，把人引向茫茫群山之外的路径飘摇如丝，如此的细弱，却又执着。

峡谷呢？峡谷最能显现时间的力量，水滴石穿，而水流，使绵延的大山分开，悬崖的陡峭显示水那无坚不摧的力量美。这里的河流通常在暴雨骤至的时分也少见浑黄，因为山里的植被实在茂密，泥土被草木树根牢牢抱紧，不能分离。当阳光照耀峡谷，清清亮亮的河流泛金耀银，怎不使人眼悦心动？

阿蛮，把时间拉直成一条线，我在巡检，你在夏莫尼。巡检在秦岭山中，夏莫尼在勃朗峰下，但我从你发来的照片上看见它们是何等的相似。一样的人口不多的山区小镇，相似的低密度的建筑，相似的栅栏相隔的小路，相似的日落前的金色雾霭、低头安静吃草的小牛，在田地深处耕耘的农人的背影。早上的太阳照耀着勃朗峰的山顶熠熠生辉，这里，初升的太阳照耀在仙鹿山上，也是这般的绚丽斑斓。

镇子的边缘一样有良田，良田里一样生长庄稼，长小麦，长土豆，长甘蓝菜，那里的屋顶呈好看的多边形，这里你站在山腰往下看，青瓦白墙的建筑也是错落有致，十分耐看。夏莫尼的居民在节日里穿上盛装聚会，这里你若遇上赶集，也像过节一般热闹。人们在集市上交换生活必需品，顺带交换乡村新闻，交换他们那在城市打工的孩子们的生活和收入，谁给家里寄来了可以盖新房子的钱啦。

两地的居民一样爱把鲜花种满自己的院子，夏莫尼居民把玫瑰、把栽着雏菊的花篮挂在石墙上，挂在窗边，巡检的居民让爬山虎、常春藤、牵牛花的藤蔓越过篱笆，蜿蜒生长到了墙头窗外。

有趣的是，我在你的照片里看见了栗子和猕猴桃，和核桃摆在一起出售，这里的居民更是用这些传统的山货为他们创收。

早上，你坐在在樱桃树下喝一杯咖啡就两片黑麦面包，我坐在葡萄藤下喝一碗玉米粥就一块土豆饼，我们一样热爱着眼前食物的好滋味。

阿蛮，风景在别处，我们总这样说，但细想，其实世上的美景在任何一个地方，只要我们能够慢下来，在安静中聆听自然的心跳，给予时间，读懂它们，就能看清身边风景种种的好。

电子邮件的好处是我们哪怕各居世界的一隅，也能使彼此看到的景象、感悟、心境，及时送达。

就算此刻你在法国小镇夏莫尼，而我在陕西南部秦岭山中的巡检小镇。谢谢你发给我的美丽图片，你在附件里也能看到我拍摄的巡检的图片。

祝旅途愉快！

地 下 铁

"人潮中这些浮动的脸，如湿漉漉黢黑树干上的花瓣。"

这是美国诗人庞德的《地铁车站》。某一年春天在富平陶艺村看雨后的杏花，我就想，如果比喻那地铁站口浮动的脸庞如雨中黢黑树干上的花，那最恰当的，当是杏花了。

读这首诗在二十年前，那时我连地上铁还没有见过。没见过地铁但知道《地铁车站》，验证阅读使一个人的世界变大这句话的可爱与正确。

第一次乘地铁是在北京，朋友在电话中告诉我上车和下车的站台，我记在纸上，对照着在上车的站台买票进站。上车。车呼呼行进，很快到站。果真见朋友在站台上伸长了脖子张望，使我大为感动。在自己的城市我都经常记不住路，那天仿佛创造了一个奇迹。暗想，这是地铁的好处，只要你不在上下站出错，你准能准时到达你要去的地方。准时真好。我还觉得坐地铁的另一个好处是可以思想，因为看不见路上的风景，所以来路上我就一心一意想将要见到的人，漂亮了没？时间流逝她是不是没有变老？我还没想出答案，地铁就把我们带到彼此眼前了。

出租、地铁、公交。朋友去单位的一个单程里，就要使用如上的一系列交通工具，我把自己设计在她的生活里，觉得她的北京如此不好，于是跟她说，我真的不来北京。我就在西安，西安适合我。我在那一刻作出决定。一瞬间觉得西安在我的心上线路清晰，站点分明，我从一个地方抵达另一个地方，去见每一个我想见的人，都是容易的。仿佛比邻，有伸手可及的临近感。

后来在新闻里知道西安也要建地铁了，我总觉得惊讶，想，某天早上的新闻里会不会说，又一处重大考古新发现出现在西安的某段地铁工地上呢？但是没有这样的消息出现在报纸上。时光淙淙如水流逝，地铁建成了。地铁开通的那天，不仅西安市民去体验通车仪式，连市长也体验了。可见地铁开通在西安是很重要、很重大，很值得恭贺的一件事。

在规划里，西安将要修建的地铁线路共六条，首次开通的这条二号线位于城市的南北中轴，最南端比邻着我居住的明德门，我不想赶着去体验，为体验而体验，我会在我真正需要乘坐这趟车的时候去乘，那才有意思。我将从明德门首站出发，经过国际会展中心，经过长安大街，穿越城墙和南门，经过古老的钟楼，经过北大街出北门一路北上，过张家堡（当然都是在地下了）直到新客站，从那里出发，会有动车去宝鸡，会有高铁往郑州，从郑州北上，还是南下，到时候再说吧。

地铁中间加一个下字，就变成了地下铁。《地下铁》在几米的漫画里，是那么时尚，有细节美，向左向右，身不由己，伴随惆怅，这些都是当下的表情。地铁口人头涌动，这是城市之大的一个标志，我愿意在西安的地铁站台上浮动的那些脸孔，也像庞德诗中那些黢黑树干上的杏花一样，如果有表情，多点美，常常清新，活力充沛。因为说到底，西安是我的城市，我爱西安胜于别处。

|左　右　客|

今晚睡哪里？是每一个行旅中人首先要解决的问题。在家千般好，出门一时难。在过去，就是专门感叹人在旅途这样的时刻。

异乡一张灯光合适、气息芬芳、色调迷人的床，高低松软适度的枕头，是旅途中人最低也最奢侈的一份要求。有了这些，再黑的暗夜也有暖光。

当然，对挑剔如豌豆公主那样的客人，酒店的个性、品质、内部以及外部环境，也当在考量之列。

我的行旅中，那些能留在记忆中的夜晚，一定是因某个美好的细节而被存留的。荷兰海边旅馆那长长的伸向海港的露台，站在露台上，听水鸟在幽暗中叫，一声高，一声低，一声远，一声近；西湖边那面看见湖上星光也看得见流萤飞过的窗子；而在华山脚下的某个夜晚，我们移榻对山眠，山被一轮朗月的清辉照耀着，清晰着万古如斯的伟岸华山的峭拔剪影……

此刻，我凝眸左右客。

左右客还不叫左右客的时候我见过它，一座闲置的旧建筑，不知从前热闹的时候迎送过怎样的人事，高阔门庭，院中的几株大榆树使我印象深刻。有两个人一顾再顾之后发现了它掩映在岁月深处的美，这两个人是平面设计师李建森和室内建筑设计师余平。这两个人在一起的时候就会创意不断，就有有趣的事情发生，这是熟悉他们的朋友的共识。

我再次看到那座建筑时发现有建筑工人在它的外墙挂砖，一块一块砖垒在一起，婉转出一堵一堵很立体、很形式感的墙，转过那些墙，在依然高阔的门厅下听见谁的声音，被放大、夸张、变形，终于辨不出制造声音者是谁。

　　第三次庄重去找它，它已经叫左右客了。此前虽一次次听身边同事言及那里饭菜的美味，养在香茗中余韵悠长的宁静午后是好的享乐时分，我却没能早去。这次因为一个研讨会在那里开，因为害怕迷路，因为担心迟到，因为实在该去睹睹它的模样，我给自己留出多两倍的时间去找。即便这样，那天我依然严重考验了朋友的耐心，直等得他两颊挂霜，双腿发麻，因为导航我的行走路线打到手机没电，我总算看见了他，看见他身后静静注视我来的"左右客"，一样低调、一样个性、一样一见之下使我暗自欢喜。

　　我把走过的路线在心里盘旋一遍，肯定说，我此前的半小时里，一直在以他站立的地方为中心点，在五百米内向左向右各绕行了三大圈，那每一条窄马路边重重的树影见证了我的茫然与执着。好吧，我说，就算是我和左右客正式见面的仪式。我辩解说，以前来过两次，都不是我开车，没记路，也正常。再说那时，它也没有这等模样，现在房子大变样，衬托得掩映酒店的树木仿佛都高茂出这许多。这都是设计师的能量，使我惊讶惊诧的能量。

　　左右客第一次完整出现在我眼前，从走进院门的第一步，我就行在了以砖为主角的空间里，砖与砖，砖与木、木与木，木与陶，陶与布，布与布，它们组合编排在一起的样子，朴拙又高贵，简净又华丽，低调又奢侈，有我喜欢的木香调。真的，就是心生喜欢，是静静地喜欢，是心里生出留恋脚步走出流连想要伸手抚摸的喜欢。

　　喜欢它的模样，就此记住了抵达它的最近线路。

　　我现在有一张设计别致的印有"左右客"字样的卡片。它现在被我夹在某本书里当书签，也许某一天，我会用它去兑换一把打开左右客某扇门的钥匙，走进它庇护的某个夜晚的深处，睡在某张床上，然后在栖息窗外大树上的鸟鸣中醒来，推窗呼吸树送来的清新气息，我愿我的心里能有这样的感叹：我爱我的城市，爱我的生活。

|去 瓦 库|

李建森说，哪天一起去瓦库看看？

李建森又说，哪天去看瓦？

李建森还说，今天有空去瓦库吃茶？

瓦，瓦库，茶。这些字词被他的言语呈现，像静物。我在记忆中找寻一份熟悉，似曾相识，却不确定。心下好奇，想，是要去看一看。

初秋下雨的午后，我在建森约定的地方等，细雨蒙蒙，秋声秋气，把城市带向旷远。发呆之际听见他在电话里指挥：过马路，对面。跟他走到一大厦底下，他说到了。抬头，见瓦库两个字，在门楣上静默成它自己。

干嘛叫瓦库呢？谁起的名字？不等追问找到落处，身已在瓦库的门槛里。

进门是大厅，地板坚实，光线适当，给人的感觉是可以放心走路。靠窗几个位置有人，我们就近选了靠墙的桌子。坐定细看。墙上覆瓦，一盏小灯罩住桌面，叫人的眼睛舒服。至此，我知道叫瓦库的地方也就一茶室，在装饰上大面积采用瓦作元素。

那天留给我的印象近似某种氛围，包括临窗的客人很响的冲泡功夫茶的声音，争论某个话题的声音，雨水从瓦檐上落入室内的石罐的声音……混合在茶香里，烟气里，热闹，却又寂静。

还记得那天的一壶红茶，喝了很多，却意外地没有失眠。也好。

后来的某一次再去，见到了瓦库的设计者余平。余平开越野车、穿时尚的T恤，背发白的黄挎包，像是刚刚旅行回来，或者马上就要出发去旅行。余平话不多，说话的语气和神情给人的感觉是不说则已，说了，就要有一句千金的味道。

余平的专业是室内建筑设计，听说他去过中国差不多所有的古镇，他爱那些镇子，他看见那些镇子各自的好，他和那些他抵达了的镇子在情感上纠缠，直到有一天，他在心里能轻松地告别一个个镇子，那时他知道了自己往后将要做的事情。他收集自己遇见的每一片瓦，一片又一片的瓦堆积在他的心里，他的心就是瓦的库。他后来就做了这个室内建筑作品，让所有能被覆盖的空间都被美的瓦覆盖着。

现在，如果去外面喝茶，我总会跟约的人建议，去瓦库吧。这样说的时候，总想起第一次听李建森跟我说起瓦库时自己的心情。

上有片片瓦，下有栖息之地。这是瓦库给我的联想。瓦下，可以听雨声，可以庇荫凉，可以做非非想。

海 洋 馆

和朋友谈论身处的这个城市，我偶尔幻想，假如西安近海，假如距离市中心10公里处有大海，那这个城市该怎样叫人喜欢啊。听见这话的人会笑，笑过之后，话题岔开。看看中国地图，就觉得这是一个永远无法落到实处的

愿望，就算拥有古代帝王的权力，下决心举全国之力，也顶多是沟通河海。想象这个城市的居民某一天早上推窗一望，窗外正是绿波荡漾，海鸥飞翔，远远一只大船开过去了，也多半以为是夜里读梁晓声的小说《浮城》，在早上出现的幻觉，如果定睛看海依然在，这人多半会吓瘫在地板上。

现在听说在这个远离大海的内陆城市要建一个海洋馆了。方英文老师说这是最浪漫的事情，因为要将海洋"馆"起来，这举动本身就富有想象力。我没有养过热带鱼，我猜想那感觉和在冰天雪地的哈尔滨的一间木屋里，看见一个美丽的鱼缸，鱼缸里正浮游着四五只色彩艳丽、形状奇特的热带鱼的感觉类似。

海洋馆我倒是去过，在海洋馆的海底世界通道里来去一个小时，时间在盛夏，在美丽的大连。在海里游泳回来，大连的朋友很郑重地推荐，去海洋馆看鱼。客听主人安排，去吧。海底世界一片幽暗，微弱的灯只向着那些幽暗水族箱里的鱼儿，那些我们不知名字的海洋动物，我们统称它们为"鱼"，在一个多小时里，我只认得了海星，那也是因为在"触摸池"那边游人可以触摸的那些水族中就有它，朋友说是只男海星，在他的再三蛊惑下我快如闪电地用手指"触"了一下它的背，凉凉的，硬硬的，我以为是死的，却见它动弹起来，收缩了身子。还看见两只巨蟒一般的怪物，被装在一只有两层楼房那般高的"瓶子"里，那两只"蟒"身子缠绕着，纠结向上，向上，一直扭向瓶子的顶端，再看看"蟒"的尾巴，还在"瓶子"的底部树根似的缠绕不休。时间流逝，它们的身子并不分开，也无从分开，那么逼仄的空间，分开，又能去向何处？朋友说它们是在交尾，嘴里不停感慨"看人家！""看人家！"而我怎么看，都觉得那是一对患难的老夫妻，执手相看泪眼，无语凝噎。

从海洋馆出来，我们站在灿烂却不怎么灼人的阳光下，咸咸的海风吹着，芬芳的空气饱胀肺腑，真是难得的幸福。朋友在身边问对海洋馆的印象，我想了想，说，下午还想去海里游泳。心中想，人都想去海里，鱼却要在岸上。

回到我的城市，我时时想起在大连，想起明亮的海风，明亮海风里的青草气，想起海边饭店门前美丽的蝴蝶花，想起朋友头发里的太阳味，想起自己洁净清爽的双脚，而海洋馆我基本没有想起过，偶尔看见这三个字，心里会浮出与海星那闪电般的一触的冰凉，还有那一对纠缠一起无从分开的"大蟒"。

我时时做城市10公里处有海的美梦，知道不能成真，却还是梦着。

第三辑

印象·他们

|《开坛》纪事|

1

　　2001年12月的西安，天气多变幻，忽晴忽阴、欲雪欲雨。张贤亮就在这样的天气里飞抵西安。张是《开坛》栏目筹备以来邀请的第一位客人，因此我们的忙碌似乎还多了些兴奋。我想象中的张不高、微黑，大西北的阳光让他看上去有太阳的味道，笑的时候有些腼腆，不笑的时候显得智慧。这是我阅读《绿化树》、《男人的一半是女人》时的张贤亮，而写《青春期》时的张，该是灿烂而明亮的，类似于傍晚天边偶尔一现的火烧云。我把我的胡思乱想说给这期节目的编导蒿炜听，蒿炜差点笑翻。蒿炜说我的想象和现实完全相反，张贤亮瘦而高，也不黑，摩登得像从美国回来的老华侨。

　　我俩在"衣锦还乡的老华侨"里笑了一分钟。

　　张侃侃而谈，在我们设的"坛"上说了许多话，我印象最深的张的一句话是："我的智慧是一种商品。"他概括他在宁夏所做的事情是："出卖荒凉。"

　　张给排队等他签名的现场观众的最后一个人签完了名，说："别再使用我的智慧了。"目光望向远方，如处无人的旷野。

2

　　毕淑敏对媒体是熟悉的。她用来作装饰的大红围巾就是例证。尤其是在冬天，红围巾显得温暖，叫人亲近，加上毕淑敏如向日葵般的笑脸，让寒冬也显得暖和。毕对我们的化妆师的技巧一再地表示满意，她及时地说出了她的赞美，让替她化妆的女子笑得春花似的烂漫。毕谦和得像毕大姐，让人禁不住想得寸进尺地问：你不是向来主张"素面朝天"的吗，怎会坐在化妆间里说出这番话来？一转念的怜惜，就忍住了刻薄：如果每个作家都顾虑于身后读者的监督，文坛上不更多了虚饰少了些真诚吗？

毕的话题是老的，在电视上我最少听过三遍了，连表情、笑容、说话的语气，都是相似的。好吧，熟悉的亲切。

毕给《开坛》的留言是"睿智与温暖并存"，就写在张贤亮"留住梦想，争取辉煌"的背面。

3

余秋雨来西安了。

余秋雨来西安《开坛》，同时出任《开坛》栏目的总顾问。余说，他实在地被西安的热情感动，却之不恭的情况下接受这份荣誉，但请一定去掉顾问前的"总"字。余说，西安是一个文化底蕴十分丰厚的地方，大家高手云集，他的心中十分敬畏……余秋雨的谦虚在不喜欢他的人的眼中，就是"余秋雨式的狡猾"。

我觉得余秋雨已不是写《文化苦旅》、《文明的碎片》时的余秋雨了。那时的余秋雨冷冷地坐在他的文字的后面，眼下的余秋雨热闹地走在他的文字前面。某种意义上说余的文化是通俗的，因此他拥有了那么多的热爱他的读者。想起前些时候媒体对他的一片呵斥和再前些时候媒体对他的一片喊好声，不胜感慨：全都是媒体呀。"无知的媒体造就了无知的观众"，而"观众的无知反过来决定了媒体的无知"。这话是谁说的？

是余秋雨吗？

余秋雨说，"当你成熟了的时候你就安静了。"

④

2002年12月18日，星期三。

《大朴大拙——贾平凹》。做这期节目前，我想用商洛花鼓中抒情的片段做节目的背景音乐，待节目录完之后，我却想用埙乐曲，像我曾经在半坡博物馆的一次夜宴中听到过的，那仿佛是从地心里钻出来似的音乐，那如泣如诉如远古回声的——埙之声，我都想好了这曲调的演奏者——刘宽忍。

据说埙乐最早的时候是用来表达爱情的。原始部落里的男子看上了哪一位姑娘，就坐在姑娘家的窝棚外，拿起埙来，吹啊吹。他心上的姑娘也许会接受吧！但假如你是听见过埙乐的，你一定很难相信埙所发出的声音——如果它传递着爱情，那爱情有着怎样悲哀凄苦的成分？

关于埙，贾平凹在他的《废都》里有大段的描写。我固执地以为喜欢埙乐的人内心里藏着一片世人很难走进的寂寞角落。

做电影电视有时想来是有意思的——更能直观地表现自己的理想。节目播出时题目定为《本色平凹》。听他絮絮叨叨的弥漫智慧的叙谈，像读他的小说。片中的音乐——埙乐非常好。钟卫的片花也做得到位、漂亮。

⑤

2002年12月20日，星期五。

晚上栏目组全体去看张艺谋的新作《英雄》。

还是那个老谋子：大气、唯美、充满细节。

看他的镜头里那些女演员倒下去的姿势总让我无端猜测，他在这许多年里有一种坚持没有变，除了风格，还有心。往小里说，比如说对女人的某一种美的始终如一的欣赏。

《英雄》是一个旧故事，一个关于"刺秦"的故事。电影像猜谜，猜"刺秦"能否成功？当然不成功。这个，看电影的人不等电影结束都知道的结果。接着猜"刺客"们的几种死法。留心，发现张艺谋是电影的编剧之一，我猜测他是先有了演员的设想才编故事的，而且故事里三位"刺客"的三种死法就是他在编故事的过程中不断完善的一个过程。曾看一篇有关电影的报道，说张闲时喜欢看《小说月报》，希望在其中发现可以被他改编的小说，也发现跟自己艺术气质相投的作家。

艺术家的作品是他自己，不管是以哪一种艺术形式确定下来，都必然和作者本人的精神气质一致。

喜欢陈道明演的秦王。清的、冷的。跟我想象的秦王一模一样。

张导说，许多年过去，《英雄》讲了什么，观众可能忘记，但观众一定记得电影中两个红衣服的女子在纷纷红叶间打斗的那个镜头……

6

2002年12月22日，星期日。

今天剪辑张抗抗这一期节目。若能给郭宇宽的开场语补一句这样的话，会减轻点平淡的感觉：有这样一位作家，她在其作品中始终有意无意地保持高度的女性自觉，她的作品也因此延续了她对于女性命运的持久关注与深切思考，她是二十世纪中国文学辉煌时期的代表作家之一。她就是张抗抗。只是片花该做成什么样子的呢？素材少得很。

待到剪辑完这一期节目，比那天现场录制的感觉要好。主题突出，话语流畅。似乎经常面对媒体的人都知道自己该在哪里说话，说自己想说的，对自己有益的话。在这一过程中，各人的性情自现。有的人率真，有的人虚滑，有的人绵软，有的人激烈。不过，不管他们满意与否，他们在那种时刻多半表现出来的仍是"既来之，则做之"的态度。如果碰撞，也许能出彩。但还有"碰撞"之外的策略吗？

收到张抗抗寄来的两本书，送我的这本是她的散文集《天然夏威夷》，题字给我：女人柔韧——赠陈毓连抗抗。

7

2003年1月6日，星期一，补记。

我在咸阳机场打马未都的手机，我看见那会儿接机拿花的人只有我们这一组，我就说，"我们以花为号，看见热情的鲜花你就看见我们了"。他很夸张地说："你别害我呀！"这说法倒是有别于他人。等他出来，冲我喊"陈毓"时我也刚好看见他。他的目光里一片晴空的颜色。

马未都健谈。跟他在一起，就算头回见，也不生分。天上地下，中外古今，没有他不能谈的。你不一定要呼应他，这时候就做一个安静的聆听者也是有趣有益的。

录完节目送他去机场，路上谈的是唐诗，我背一句，他诵一首。我背的是断章残句，也对应不起诗作者。而他，清楚清晰得如看自己的掌上纹路。他说他年轻的时候记性特好，过目成诵，没有想不起来的事。他说他是连小学都没毕业的人，成为今天这样的一个靠学问过日子的人，完全靠自己后来的读书与强记。

即景抒情，话题忽然转到唐人的送别诗，我说唐人送别有三步：饮酒、赋诗、折柳枝。我说我今天送别只能对着你说"再见"。还说假如是在唐代，我们送你到灞桥边上，唐朝的冬天一定比现在的冬天更像冬天，我们伫立风中，也是找不到一枝可供攀折的老柳。

《历史的证物》——马未都这期的讨论照例在播出后的星期一，大家说这是最轻松的一期节目。这也正应和了马先生的观点："学问是做给人看的。"

他送我他的书《马说陶瓷》，如此专业的书，能写得如此生动好读，真是棒极了。

|莫言：背对文坛，面向苍生|

再见莫言，时间整过去一年。一年前的2002年11月，我做《开坛》编导，邀请他来西安做一期节目，他慷慨答应，使我大为感动，他做的那期《开坛》，话题精彩，从故乡的高粱地，到北京地铁口辉煌落日下那给两个双胞胎孩子喂奶的辛劳妇人，莫言说，正是母子三人在一起的那个画面触发了《丰乳丰臀》的创作灵感。在"坛"上，莫言说母亲，说土地，说饥饿，说创作，说生活……诚朴幽默，风趣智慧。作为编导，遇上这样的嘉宾，是幸福的事。这一次，他为新出版的《四十一炮》来和西安读者见面。

莫言既健谈又静默，健谈时话语滔滔如江河水，静默时犹如千年古井照月影。当他从层层媒体记者的包围中解脱出来，明知道错过提问就是遗憾的我，还是愿意他能安静地喝掉手边凉了几回的那杯茶。

对莫言来说，2003年是喜悦的一年，先是他的长篇小说《四十一炮》以首印15万册的数量和读者见面，《檀香刑》全票入围茅盾文学奖，由他的小说《白狗秋千架》改变的电影《暖》获金鸡奖，又在第十六届东京电影节上获得最佳影片奖。有人戏言2003年是文坛的"莫言年"。面对接踵而至的荣誉，一向低调的莫言在记者陈述他的辉煌时表情淡然。一年前出场《开坛》时，他穿的是太太亲手做的老式对襟灰布衫，这次来，他穿的是一件暗红与赭黄相间的大格子外套。去年像旧时深谙农事心地善良的地主，这一次，厚朴恰似自家兄长。

看电影《暖》，莫言哭了

电影《暖》由导演霍建起执导，电影改编自莫言短篇小说《白狗秋千架》。小说开篇有这样一句话："高密东北乡原产白色温驯的大狗……"第一次，莫言在他的小说中提出"高密东北乡"这样一个文学地理概念，并从此打通了一条通往故乡的创作上的宽阔大道，"高密东北乡"后来多次出现在他的作品之中并且意义重大。莫言说，看电影时他哭了，他为哑巴哭，为温暖和真情哭，为再次唤起"游子还乡"的情愫而哭。

关于电影改编，莫言说，文学在一定程度上是电影的基础，他比喻："文学创作是儿子，改变的电影是孙子。"电影《暖》，是比较靠近原著精神和气质的一次成功改变。

《檀香刑》全票入围茅盾文学奖

继《红高粱》、《丰乳肥臀》之后，莫言的又一部小说《檀香刑》日文版近日在日本首发，同时《檀香刑》以全票入围茅盾文学奖。重提这部小说，莫言说自己最早的创作激情来自故乡的地方戏"茂腔"高亢的音韵以及火车那深沉忧郁的鸣叫。这是伴随他整个童年的两种声音，当他再一次在火车站听到那久违了的声音，他对于故乡的情感被骤然唤起。他比喻这是一部可以"用耳朵来阅读的小说"，是完成自己童年对这两种声音的想象。莫言称自己的创作过程"是一次大踏步的撤退"。所谓"撤退"，他解释说，"在小说这种原本是民间的俗艺渐渐成为庙堂里的雅言的今天，在对西方的借鉴压倒了对民间文学的继承的今天，《檀香刑》是努力而有意地做出了这样的回归。莫言的努力得到了回应，评论家称赞《檀香刑》是一部"中国式的好小说"、"是对魔幻现实主义和西方现代派小说的反叛，更是对坊间流行的历史小说的快意叫板"。莫言的小说历来褒贬都很激烈，而这部小说，莫言称它是自己"获得正面赞誉最多的一部小说"。

《丰乳肥臀》崭新面试

1997年《丰乳肥臀》获得中国最高金额的"大家文学奖",奖金10万元人民币。该书在文坛影响大,争议多。这部"献给母亲"的关于母亲、土地、生养的小说饱含着作者一以贯之的巨大才华,以及外人并不一定能全部领会的作者的深情。如果留心那地铁口碰撞了作者深藏心中已久的"献给母亲"的书的创作灵感,你会感叹小说家的创作触点是多么的神妙而又自然而然。这部小说奇谲瑰丽,汪洋恣肆,令人叹为观止。哪怕莫言不言,但这部小说,无论是在读者那里还是作者那里,无疑都是莫言最重要的一部作品。时隔九年,新版《丰乳肥臀》和读者见面,此次为修订版,作者对原小说做了修改,并增加了8万字的"卷外卷",同时书中附有著名画家吴冠英的精妙素描。

中国当代文学创作最缺乏想象力

关于中国当代文学创作最缺少什么的提问,莫言回答是缺少想象力。莫言说,想象力毫无疑问是一个作家最宝贵、最重要的素质,甚至是一个科学家最根本的素质。想象力是在你掌握了已有的事物、已有的形象的基础上创作出、编造出另一种崭新,事头上想象力就是一种创新。当然想象力要借助于语言,没有离开了语言的想象,任何想象力都需用语言作为工具,一个作家想象能力的大小与一个作家语言能力的强弱有着关系,一个没有太多语言能力的作家不可能拥有丰富的想象力。

经典是由历史时间和读者说了算的

再次被追问关于中国作家和诺贝尔文学奖的关系时,莫言笑言"中国作

家都要得诺贝尔文学奖强迫症了"。其实能不能得奖作家本人说了不算，得了奖的是好作品，没得奖的也有很多是他心中的好作品。作家只能是遵照自己的内心去写作，冲着某一奖项的写作是不入现实的。鲁迅就没有得诺贝尔文学奖，但读者对鲁迅的喜欢表明一切。是否经典作品，得交由历史、时间、读者来判明。

|二月河：我不过是文坛一痴|

他像传说中的那只大虫，"不鸣则已，一鸣惊人"。他40岁时横空出世，以其长篇小说"落霞系列"震惊文坛。他是文坛的"草莽英雄"。盛名之下，他坦言自己"不过是文坛一痴"。

想当将军的士兵

1945年，二月河出生在炮火连天的战争前线，父母是忙着求解放的八路军，所以顺心顺意地就给新生儿起了个名字：凌解放。随辗转的父母四处奔走，一次次地被寄养，使得小小的凌解放像个野孩子似的无人管束。从小他都不是父母、老师眼里的好孩子，从小学到高中，每个阶段都要留级一次，因此当1968年高中毕业的时候他已经23岁了，为了能顺利入伍当兵，他硬是让自己的年龄小了一岁。

1968年，少年凌解放怀着当将军的梦想去山西太原当兵，简陋的军营里挖煤不止的他彻底破灭了当"将军"的梦想。在那个物质、精神都极为匮乏

的年月里，凌解放唯一能做到的就是用繁重的体力劳动野蛮其体魄，而精神上的饥饿感似乎更痛苦，他用超乎常人的焦渴机智搜集一切可供阅读的书籍，在同伴中留下"书虫"的名声。十年军营，二月河称自己是"十年磨一剑"。尽管当年在部队最大的官是副指导员，但二月河无限感慨地说：他强健的体魄和不怕吃苦的拼命劲是在部队练出来的。

40岁后，他以二月河的名字新生

1978年，33岁的凌解放转业到河南南阳宣传部当一名干事，在日复一日打水扫地取报纸的庸常生活中，他开始重新思考自己的人生定位。他想到自己不知读过多少遍的二十四史，想到自己十年庞杂阅读的浩大工程……写作的冲动一瞬间胀满他的内心。

作为机关小职员的凌解放，写小说只能是偷偷干的私活。当时就有领导批评他用单位的稿纸写自己的小说属于贪污行为。可这些都不能消解他写作的热情，他用包装水泥的牛皮纸做成卡片写作，在工作的空闲，在为自己和女儿一日三餐忙碌的间隙，在一个个不眠的夜里，写作。《康熙大帝》、《雍正皇帝》就是这样熬出来的。因此，当编辑打开皱皱巴巴牛皮纸包着的手稿时，闻到的尽是"柴火油盐"的味道。他把自己投进遥远的历史隧道，手指和肘关节磨出了厚厚的茧子，但他不想用一个"苦"字概括自己的劳作。他说自己写作时"老了天下第　，放下笔老子天下第末"。一个个深夜，走出自家小院，看见傍晚就在巷子口打扑克的人这会儿还在那里打扑克，怀里抱着砖，脸上贴着纸条，让他感慨自己所做的事比打扑克有意思一点。

1985年，《康熙大帝》完成，这一年，他40岁。在给小说署上作者名字的时候他踯躅了，他说，以凌解放的名字去写一个清代皇帝似乎有些滑稽感，也似乎不妥。这时，少年时代在陕县黄河太阳渡无数的晨昏看到的景象跃然脑海：时值早春，日落熔金，一河冰凌在太阳的照耀下排着长队浩荡地在堤岸间冲突奔涌，向着远方的大海汹涌而去……于是，二月河三个字跃然纸上：冰凌解放，这正是二月的黄河啊！

相信读者是来读小说的

二月河称《康熙大帝》、《雍正皇帝》、《乾隆皇帝》为"落霞系列"。他说是取王勃《滕王阁序》里"落霞与孤鹜齐飞，秋水共长天一色"的意思。落霞虽然灿烂，但沉入黑暗却是必然的。他把康熙大帝和俄国的彼得大帝比较，他说康熙年间中国有了钟表，而彼得大帝却在俄国大兴铁路。他从"落霞"系列里触摸到了铁的历史规律。

对于读者普遍的追问：小说与历史的差距有多大？二月河说这是一个历史小说家的创作自由度问题。他说作为一个历史小说作家，要想着读者是来读小说的，而不是来学历史的；如果读者通过读小说而对历史发生了兴趣，引起了对社会对人生的思索，写小说的目的就达到了。"落霞系列"中，重要人物在重要事件中的立场、观点与历史相符不会错，其余的，就由作家本人来决定了。

|徐坤：我们的爱情哪里去了|

据说，珍珠是缘于蚌对一粒沙的痛感。如果说一场婚变能成就一个作家的一本畅销书，你会赞同选择平实的婚姻，还是一本书的热销？如果你问这本书的作者徐坤，她会这样反问你：我们的爱情哪里去了？

从前的徐坤给人的感觉是机智到了狡黠、敏锐与直率几近于刻薄，嬉笑怒骂，皆成文章。这从前是针对于她的《弟弟》、《鸟粪》、《先锋》而言，而她的近作《春天的二十二个夜晚》，却一改往日的颠覆与理性，充满了回忆、触摸、感喟，让习惯了她作品阅读的人的思维一时转不过弯。

徐坤用"一把刀子"来比喻自己的这本书。徐坤说，这本书是在心痛得快要窒息的状态下写的，因为不能让自己痛死，所以想到了写作。她比喻成书是一把刀子，它剥离伤口，理性、冷静地剥离，在一次更大的疼痛之后，给伤口自愈的机会，使伤口在时间里自然结痂。时间是治疗伤痛的最好的药。现在的徐坤机智依旧、敏锐依旧，但她的目光里多了一层雾气，尽管那雾被她小心地敛着，可终归是雾，有雾横在那里，让人对她的打量由此产生距离。

徐坤是个球迷。在成为球迷之前她不是球迷。只因为无法忍受丈夫和朋友们看球、聊球时自己被冷落一旁入不了气氛的尴尬，就慢慢地去看，没想到这一看看出了学问，看了场国安队对阿根廷的比赛回来就写了小说《狗日的足球》。巴乔、马拉多纳、欧文、范志毅一个个关注下去，一篇篇足球评论写出来，竟把自己弄成了个足球迷，以至于"世界杯期间，自己最大的困惑是如何将丈夫寄存掉的问题"。很有点超级球迷的味道了。说到足球，徐坤的眼神很妩媚，说最喜欢的球星还是马拉多纳，尽管马拉多纳后来吸毒，用枪袭击记者，表现很不好，但因为有最早的喜欢摆在那儿，所以总能在感情上一再地原谅他。

徐坤还是个学者，这是对于她眼下的工作而言。徐坤的单位是中国社会科学院文学研究所。对于一边文学创作一边写文学评论是否有矛盾的疑问，徐坤说，从前听人家这么一问，总觉得人家像是说她在吹"黑哨"，会莫名地对读者心存歉憾。其实对于她来说，写作时唯一要提醒自己的，是搞清楚自己电脑里的两个词库而已。因为写小说是一套词汇，写评论的时候是另外一套词汇。

徐坤好玩，也好吃，是个美食家，饭也做得好，葱爆羊肉尤其做得地道。说到葱爆羊肉，徐坤很神气，说汉族人大多难将生牛羊肉做得好。因为前夫是回民，徐坤也跟着一起亲牛羊肉远猪肉了，久了，就不吃猪肉了。不吃猪肉在今天成了徐坤的饮食习惯。习惯会一直保持下去，不会再改回去了。

提起婚姻，徐坤称自己是"下岗女工"。而"下岗"后自救的这本《春

天的二十二个夜晚》会不会被读者当成自转体来读，徐坤说，她尊重读者的感觉。至于生活中有没有人在书中对号入座？徐坤说，"没有谁拿了书来说，书中的谁谁是我！"所以，没有。

不设计未来，没有男性偶像，如果硬要找一个，那就算是欧文吧。徐坤扮个鬼脸，笑了。那笑不像是徐坤的，像玛格丽特·杜拉斯的。

胸 有 大 翩

缘 起

我老家商州的那片土地，似乎从不缺滋养石头和作家的能量。随便捡一块石头，都能看见上面有天然标致图案；像贾平凹、京夫、方英文、陈彦这些在当今文坛名声响亮的作家，在1996年前后，在商州的某个街角，不时就能遇见。我当时的邻居芦芙荭，是全国小小说的代表人物之一。我发现他写的文章大都很短，很精致，一篇一篇，一张张裁剪精致的纸笺远看都觉得美。他写的文章总能很快发表出来。我再留心，发现发表他文章的杂志是《百花园》和《小小说选刊》。我对自己说，这是一个可以学习的榜样。我从阅读《百花园》、《小小说选刊》开始。之后我试着写，《名角》、《蓝瓷花瓶》、《爱情鱼》、《做一场风花雪月的梦》就是那个时候的作品。这些文字很快发表、被选，有的还获得了小小说年度优秀作品奖。不久，《百花园》又以小辑的方式推出我的五篇作品，副主编寇子亲写点评。我还收到在我心中如泰山北斗的杨晓敏总编通过芦芙荭转来的书信，信里不乏对我文章的溢美，于是芦芙荙断言：陈毓这下找到最适合自己表达的文体了。

表扬使人进步

　　"你们，哪一个不是我给表扬出来的？"杨晓敏先生如是说。列举长长的小小说作家名单，谁能说自己没有得益于杨晓敏总编的鼓励？你犹豫不自信时他勉励你，你自负忘形时他提醒你，你徘徊不前时他帮你分析困惑的缘由。"不要再在语言上费精神了，你恰要在讲故事上下点功夫。你所有的小说，写得好的，都是有了一个好的故事核，有了这个核，你准能表达好。要写得轻松些，随意些……"他似乎了解我们每一个人，比我们自己看待自己还要清楚明晰。

　　杨晓敏提出小小说是平民艺术。他说，"小小说是平民艺术，那是指小小说是大多数人能阅读（单纯通脱）、大多数人能参与创作（贴近生活）、大多数人能受启示（微言大义）的艺术形式。"当下小小说的创作现实给他的理论作了最生动有力的证明：写小小说的作家成千上万，读者更是万万千千，《小小说选刊》月发行常年稳定在50万册就是最好的说明。小小说开了这么宽阔的一道门，走进这道门的每一个写作者，相信都能感受到小小说是最不吝对作者表扬的，许多写小小说的人可能对此都有相同的感受。

　　表扬的方式是多样的。

　　笔会：联络作家，组织学习交流的好方式。

　　通电话：依然在敦促。最近的写作状态，哪篇好，哪篇不足，好在哪？不足是什么？放下电话，低头看日历牌，可不又是一个周末吗？难道这人心里，没有节假日、工作日之分？

　　栏目设置：留心一下多年来《百花园》、《小小说选刊》杂志在栏目设置上的不断出新、不断变幻，可谓处心积虑，可谓慧心独到。

　　杨晓敏说，优秀小小说的标准是"思想内涵、艺术品位和智慧含量的综合体现……"把他对优秀小小说的标准放到办刊的路子上考量，一本本期刊从四封到内页选文，文字长短的巧妙搭配，编辑点评的合理穿插，无不包含

设计、理念，是深入到每一个不为人轻易识破的细节里的。

我偶尔设想这样一幅画面：把近二十年来的《小小说选刊》、《百花园》杂志，以及各式各样姹紫嫣红的小小说选本铺排在一起，会是怎样惊心的一个浩大场面？这浩大的文化工程会使人心里生发怎样的感慨？

歌咏志

2005年夏天。白洋淀笔会。笔会附着在蔡楠的作品研讨会上，可能因为不是会议主办方，他不用太多操心和劳神，第一次，我看见一向庄重的杨晓敏先生原来也是一个喜欢轻松和深怀玩心的人。在荷花荡里，他垂一竿无钩的苇秆，像姜老太公那样悠然钓鱼；折叠了硕大的荷叶为帽，遮住额前耀眼的骄阳；挽着裤腿，赤裸双脚，伫立船头做叱咤状，扮一个《水浒传》里的英雄艄公。忽然听他悠然而歌。歌曰：

> 凤翱翔于千仞兮，非梧不栖。
>
> 士伏处于一方兮，非主不依。
>
> ……

也曾几次听他唱歌，这首歌却是头一回听。抒情优美的曲调和着起伏渐进的词句，被他激情演绎，在漫溢的荷花香气里，使人忘却今夕何夕。让我联想起曹操鼓瑟歌咏：青青子衿，悠悠我心……

2002年春天。北京。《小小说选刊》和中国作家协会联合举办当代小小说庆典暨理论研讨会。会议总结、探讨小小说文体现象的时代特征，表彰20年来献身小小说文体创新的开拓者和奠基人，近百人入选"中国当代小小说风云人物榜"。庆典活动充分展示了小小说的青春风采，与会专家认为，小小说这种平民艺术，以其鲜明的文体特点，以其贴近时代的表达，为当今文坛营造了一块鲜艳的绿洲。会后，杨晓敏总结说，那是小小说的成人礼。

2005年秋天。大连。小小说亮相中国小说年会。小小说作为小说四大家族的一分子，从此参与到中国小说排行榜的参评中去。

2005年，郑州。首届金麻雀小小说节。小小说的又一个精彩瞬间。中国作协书记处对小小说给予了高度评价，吉狄马加说，在没有把小小说列入国家级奖项之前，中国作协把"小小说金麻雀奖"看成是全国性的文学鼓励，它在中国文学史上一定会留下浓墨重彩的一笔。

用平常说出深刻，用简单说出复杂，这也是杨晓敏先生的特点，熟悉他的人不会以为奇。他是优秀的著述者，出版有《清水塘记》、《我的喜马拉雅》、《都市与哨所的距离》诸多文集，他更是小小说的事业家，他对小小说从式微到繁荣所作的努力，结晶的思考，如钻石一般熠熠生辉，比如他的《小小说纵横谈》。梳理这本书的线索，读者能触摸到他思考的纹理、痕迹、温度。他真正是从实践中来，再到实践中去。

雷达先生说，小小说能否设大奖？然后他自问自答，说小小说应该设大奖。

如果小小说的大奖等在小小说的前路上，那这个奖首先应该奖给杨晓敏先生。如果哪位作家获得了，他（她）也应该返身把它悬挂在杨晓敏的胸前，像中国国家体操队那些获金牌的运动员对待他们的教练黄玉斌那样，这肯定很美、很温馨。

|宋奇瑞与兰花|

道路以目，定睛一看，谁知道你会发现什么。这样说的时候，是觉得出门多会心有收获。比如去年国庆，若不是陪阿敏去柞水，我就不认得那边那群有趣的人，也就不认得宋奇瑞了。

宋奇瑞是我们一行登牛背梁的主要向导，虽然他去过牛背梁不知多少次了，但潭溪说"老宋明天一起去！"的时候，他很痛快地说："去！"他嘱

咐登山的人要早睡，早起。第二天七点半集合，之后吃柞水特色小吃糍粑，听他悄声催促店家："快给这几个人端，要赶路哩。"

上山的路上，他跟我说，早点上山，到山顶还能赶上合适的光线拍照。我心知这一行并不是专业的登山者和摄影者，哪能那么雷厉风行，但他很认真很诚挚，他恨不能把他那片地盘上的好景端给你看。

他似乎和路上的每一棵树都熟，碰上挂有牌子的树，我们就站下来读牌上的字，努力要记住一些树的名字，比如我知道了黄蜡又叫黄栌还叫烟树，赞叹烟树这名字太准确太生动。见了山楂树，赞叹吃过果子没见过树。但是宋奇瑞，凡我所指，他都能一一说出名字：漆树、槭树、四照花、石韦、石斛，他细细地分说它们的科属，习性，他旁征博引，叫我赞叹。

牛背梁是秦岭南坡的秀丽山峰，位于柞水县营盘镇，自从秦岭隧道自山下通过，从西安去往柞水，四十分钟就能到达，山上茂密的原始森林，山下清幽的潭溪瀑布，独特的峡谷风光，罕见的石林景观，以及秦岭冷杉、杜鹃林带、高山草甸、第四纪冰川遗迹诸多绮丽景观吸引更多人来到。到达山脊，终于看见杜鹃林，遗憾不在花期，老宋引出秦楚古道上的杜鹃，说来年去那里看花也别有情调；遇见冷杉，他引出红豆杉，描述隐身于秦岭某神秘沟谷的红豆杉的果子是如何鲜艳好看，滋味甘美；我迷恋在山顶的一片竹海前，他用更高处的冷杉催我前行，说山脊上默然傲立的冷杉，每次看着都让他心动到极点，他说他在那些树木面前，读懂精神，看见灵魂。旅途上有这样的人同行，真好。

宋奇瑞在乡间长大，后来又从事林业工作，自然拥有丰沛的植物、动物知识，宋奇瑞说他这是自然而然。他是陕西仅有的两个生态作家之一（2000年中国林业文联成立生态作家协会时，陕西仅有两个人被准入）。写过很多关于动物、植物的文章，读他的那些文章，我有时会在电脑前笑出声来。

那次从牛背梁向山下返回时，他说在秦岭深山某幽谷，年年春天，都有一大片茂密的兰花报告春天的到来，从那幽谷走过，人会被兰的香气香醉。秦岭山中生兰花，这我知道，但兰成丛成林，成大片林子，似乎不可能，从前没听过，该不是萱草吧？

宋奇瑞和我约定，来年四月的时候，再去柞水，看秦楚古道上的杜鹃花开，看那片兰花林。

人生的多少约定，都在匆匆流年中走失了，但宋奇瑞认真，反复问：啥时候能去看兰？后来似乎失望了，自言自语说：四月月亮最圆的时候，也是兰花最盛、最香的时候。

春天结束于他这个很美丽很美好的陈述句子前。我想起和他的兰花约，除了偶尔惭愧，就是深受感动。

这天夜里，他发来一行字：明天早上你在西安不？我有事去西安，顺便把兰花捎给你。

知道我错过春天的兰花开放期，他只好在春天里移栽了两盆兰花，他说你不能来看，我托人捎去吧。

现在他自己送来。我们约定见面的时间、地点，看他把沉沉的兰花盆从一辆车搬到另一辆车上，我们站着说话，匆匆告别，然后我目送他们的车隐匿于一片难分彼此的车流中。

回来，看到他的留言：兰喜阴，不要多晒；兰不喜肥，水要洁净；兰尤喜雨露。

又及：只要你养的好，明年一定开花。

又又及：若是不能准确判断要不要给兰浇水，就看兰根边的石韦，若石韦萎缩，兰则很缺水了，它们是共生的植物。

我这一刻明白了他在一盆兰根边上栽一株石韦的理由了。

宋奇瑞说兰喜露珠，城市24层的高楼上，我难以给兰一滴它喜欢的露珠，但宋奇瑞带来的这两盆兰花，于我，恰像是降临到我窗边的露珠的滴答。

聚贤庄庄主

阿敏在柞水有几个颇谈得来的朋友。聚贤庄庄主就是一个。

阿敏写了篇文章，叫《聚贤山庄正午的风景》，写一个初秋的正午，她在聚贤山庄的长廊下仰望天空，不期看见了日月共游中天、日月同辉的绮丽景象。有人笑话她这是感染了庄主夫妇的热情，感染了庄园美食美景的好，庄周梦蝶了。但熟知当地志书的谭世根先生说，阿敏所见绝非虚妄，因为这样的天象县志里就记载过。

我越发好奇，想，有机会了，去看一看，访山庄，访庄主。

阿敏说庄主如何的"见贤思齐"，"因为热爱文化，所以在乎文化人"。说庄主夫妇是她见过的夫唱妇随的最和美典范，有老式爱情的古典美。我偏说，这人张狂有野心，据有那么大的一片庄宅也就罢了，还要叫"聚贤庄"，能够以"聚贤"的姿态出场，可见自视甚高。再说，自己须是大贤，才聚得了他贤。

正说着这话，就见了。国庆假期，在西安无聊，听阿敏召唤，去聚贤庄。

在路上，我想象将要见到的人，我把他想成一个老的、清瘦、温和、世事洞明、厚朴宽忍的男人。

等到见面，我诧异，你为什么不老？他笑，说，噢，庄主就应该老点。看他身后，一圈人乱纷纷等在聚贤庄大门外。我小声对阿敏笑，早知这样，该打扮得光鲜些。

聚贤庄傍依乾佑河，背靠凤凰山，掩映在一片丰茂的竹林边，四年前建成。它是比邻着原来的老宅新建的，在风水、实用性、敞亮度、和周边环境风物的和谐一致上做足了文章。后院的石碾盘在一棵粗壮的核桃树下，磨道里，狗尾巴草毛茸茸地招摇着，在这个蓝天深邃、白云悠远的明净午后，站在这个磨道边，我恍惚听见时间迈着驴步，嗒嗒向前。莲塘里，一只青鱼跳起来，落下去，一支秋荷咳嗽了一声。

转到前院，绿竹掩映，藤萝覆亭，亭下有桌，饭桌、茶桌、棋桌，桌边一拨人去了，又有一拨人来了，来了又去，去了又来，如日子。来的都是客，对客就要热情周到。这里不说顾客是上帝，这里看重人与人之间的温情、是人能给予人的尊重，他用一个"贤"字来概括他对人、对己的态度。向善才能善，想好才会好。这里是一个"农家乐"，但最好就叫它"聚贤庄"，称主人为"聚贤庄"庄主。他朝着他心中的方向努力，他获得的尊重在向更大范围蔓延，在道路边，在那片区域地图上，"聚贤庄"现在变成了一个标示的箭头，变成了一个红点。他说这话的时候是喜悦的、满意的。

他当然来自民间，来自生长着菖蒲和远志的乡野。他从小失亲，但他得到乡人的护佑，他的养父母给了他宽阔的力所能及的爱，这被护佑的温暖生长在他的血液里，使他渴望传递温暖与帮助给别的人，他看得清这个世界在哪里阔大，在哪里细微。

他早已不是那个放羊的孩子了。但那个孩子随时随地的喜悦和顽皮他还携带着，他喜欢人家唤他庄主，人家唤他庄主的时候他是喜悦的，仿佛收获了什么宝贵的东西似的。只在他发表的那些文章里，他还原他的本名。那时候他叫谭宗祥。在单位里，他负责宣传，人称他宣传干部谭宗祥，在他们的行业报纸上，他的朴素老辣的文字被人记住，也在那个名字的符号下。

离开柞水的时候，我明白阿敏喜欢和那些朋友往来的理由了。他们和文学保持着"业余"的关系，却把对文学的热忱、深情深融在郑重的生活里。这份适度，恰恰保护了他们对文学本该有的敏感、激情和新鲜。

|想起苏东坡|

这是一篇命题作文,关于"什么样的男人是好男人"。

要说清什么样的男人算好男人,对于我,就跟说清怎样的女人是好女人,怎样的食物是美味一样,是叫我难以说清,而更容易自相矛盾。要是倒过来问,什么样的男人是不好的男人,似乎还容易说清些。可约稿人坚持说:在这中秋夜,仰望明月,想象一下心中好男人的模样,没准有趣!

月亮倒真的是好月亮,圆朗皎洁,悬在我窗外的梧桐树冠上,是古往今来人们仰望时抒情不尽的美月亮。比如人人会念的"但愿人长久,千里共婵娟",在此刻,念来真是别有滋味。比如它的作者苏东坡,就是我越读越喜欢的男人。

噫,那就说说苏东坡吧。

苏东坡写"但愿人长久,千里共婵娟",他是旷达;写"不思量,自难忘",他是深情;写"拣尽寒枝不肯栖,寂寞沙洲冷",他是清远;写"老夫聊发少年狂",他是放达。他还写"芦蒿满地芦芽短,正是河豚欲上时",他发明东坡肘子,他感慨,"日啖荔枝三百颗,不辞长做岭南人"。他睥睨命途上的逼窄,他写"一蓑烟雨任平生"。他不拘行迹,什么样的日子他都有能耐乐陶陶地过。因为他才华盖世,一颗童心。他是至情至真至刚至柔的男人。

"苏轼南贬,朝云随侍。"尽管这是个隽永哀伤的画面,但我依然为朝云高兴，因为她跟从陪伴的是大才子苏东坡啊。能够遇见苏东坡，我觉得王朝云是个幸运幸福的女子，他影响她，点化她，他使她成为那么有惠性有灵心的女子，他使她体会到生的丰沛与辽远，而他，也使她那么甘心地长途跋涉，翻山越岭，始终如一，虔心追随。这是苏东坡的魅力。有这样的善男子，有这样的好女子。

《词林纪事》里有段记录：子瞻在惠州，与朝云闲坐。时青女初至，落木萧萧，凄然有悲秋之意。命朝云唱"花褪残红"，朝云歌喉将啭，泪满衣襟。子瞻诘其故，答曰："奴所不能歌者，是'枝上柳绵吹又少，天涯何处无芳草'也！"子瞻翻然大笑曰："是吾正悲秋，而汝又伤春矣。"

我的一个女友说，遇见好男人，不能成为他的爱人，就做他的朋友，做不得朋友，就做他的邻居吧。想想吧，假如有苏东坡这样的人为邻，偶尔美美地去敲他的门，同他闲话，看他为着某言某语，某个情景，"翻然大笑"，是何等快意的时刻。

现在我说，所谓好男人，多半就是那个能让女人成为好女人的男人，能让她说起他时凝目含笑，向着时间深处回望，然后说"他呀……"的那个男人吧？

梦魂惯得无拘检

2006年在东江湖，听谢志强说他的梦境他的写作。他说他大部分作品都是梦境的复述。我不由心里吃惊。他说现实里，他每天的行迹都有固定的线

路，连我们须臾不敢离的手机在他也是可有可无，因为要找他的人准能循着他的形迹找到他。但他的梦境却那么的繁复陆离。他用梦、用文字抵达另一个地方。他的梦境和现实，哪个更虚幻哪个更真实呢？

梦由心生。但一个人要看清说清自己的内心大概是难的。因为难，才有了一次又一次地表述。这样就有了一篇篇的文字。

比如，我的《做一场风花雪月的梦》。这篇文字写在1999年。那年春天的郑州笔会上，我又结识了一些文学师友，其中就有《短篇小说》的王立忱先生。他是个沉默而内心旖旎的人，笔会期间我们并没有说几句话，散会后收到他的信，信里他说对我文字的读感，那些话我至今记得，可见是深受影响的。他约稿的话也特别，说，生活的间隙写一篇稿子给我吧，随便写，写好了就寄来。稿子写出来已经是夏天了，当时用笔在纸上写，每有改动版面就不清洁了，而我对写在纸上的字格外挑剔。这样又放置了些日子才誊清了邮寄给他。他又写信来，说文章很好。会很快发。稿子发在1999年9期的《短篇小说》上，同年23期的《小小说选刊》转载，后来此篇获得了《小小说选刊》1999-2000年度的优秀小小说奖。获优秀责任编辑奖的王立忱先生却至今没有再见过。站在2009新年的门槛上，我祝福他新年万福！

在我保留的这本1999年9期的《小小说选刊》上，我看到中朝先生对这篇文字的评点："在本世纪即将过去的时候，现代人将目光转向了那些流逝的岁月。由于现代人已经体验不到历史的真实，所以现代人也体验不到历史的残酷，历史留给我们的是纸上的过去，是桃花、流云、马蹄、烽烟；是剑客、帝王、宫殿、情爱与恩仇。所以现代人一梦便去了上古，而且风花雪月一场，这是我们厌倦现代爱情而留恋过去爱情的复杂和充满诗意。所以电脑岂可与鱼雁传书媲美；汽车怎能与宝马香车并提；征婚广告与后花园才子佳人一见钟情更是相差万里。所以我们可以梦去未来又匆匆返回，而一旦沉浸到古代的爱情中，便梦想它整整一个世纪。"

不说一个世纪，就是十年的间隔，有时仿佛也是远的。十年前，我再次回到西安。那时我从我熟悉的生活场景里出走，但我其实并不明白自己想去哪里，想要怎样的生活。这就像一个准备好了行装出门的人，站在路口，却迷失了方向和目标一样倍感茫然。但我必须出发，在路上寻找并慢慢确定。对我，那是一小段灰蓝的日子。薄。凉。奔波。隐忍。偶尔有梦。爱字词，觉得字词比现实丰富生动。

如果有人追问文字的起源，讲述的起源，我确信一定能追溯到人的心灵里去。比如当心寂寞，心有倾诉欲，当心觉得压迫逼仄，它会幻想，当心匍匐着的时候它梦见飞翔……一个蜗居在狭小一隅的人在深夜乐滋滋地读江湖游侠小说，在文字里长啸，幻想自己可以飞檐走壁，一夜千里；一个并不爱动的人却热衷于看激烈的体育比赛……道理似乎也是一致的。我偶尔想，我能和我某些时候的现实相安无事，可能因为我选择了在纸上表达，在文字里写，那些文字写出来，我总能听见自己长长地舒一口气的声音。现实碰疼了你，你无处去说，那你在纸上说吧。《做一场风花雪月的梦》里，年轻的盖青不是我。但我为我给她起了这个名字而高兴，我喜欢她名字的两个字，清简自由。我让她仗剑悠游，在无力于语言表达的时候用剑，她的动作结实有力，干净优美。她还幻想要以一个男人的意志为意志，他的行止就是她的行止，他的方向就是她的方向。这是发着爱情高烧的女子通常所说的傻话。但当女人在爱中难以傻起来的时候，这女人就不再年轻，她的爱肯定也不是年轻的单纯的爱了。这是时间的力量，时间无声改变一切，人只能尊重时间。

在十年后回想十年前，如看十年前的一张旧照片，所忆的一切都似乎在确定与不确定中。有一个"隔"字横在其间。好在只是文字里的一场风花雪月，虚虚实实，无须追究。如晏几道所写：

"梦魂惯得无拘检，又踏杨花过谢桥。"

如果今天让我幻想，我会想要几个在雪天静静读《红楼梦》的日子。

| 就这样日益丰盈 |

1996年秋天，经我父母的一再敦促，我离开山阳到商洛电视台给自己找了份工作，再次过上晃荡在父母眼前的生活。

我在商洛小城的邻居是芦芙荭，一个我从前只当名字来读，往后要当作一个作家来认识的人。还有鱼在洋、慧玮、刘少鸿、毛甲申……

像歌里唱的那样：那时候天总是很蓝，日子总过得太慢。散淡悠长的日子里，能够点燃激情的似乎只有文学。他们一起抽烟，喝酒，打牌，高谈阔论，为某篇文章的结构、语言的好坏争论不休。芦芙荭的那间小屋里永远是烟气腾腾、酒气醺醺，门庭若市，很是扰我的清静。在忍无可忍的时候我会心怀消防战士般的壮烈冲进那片烟气中，却不得不在两分钟内仓皇逃出，逃跑的过程，我会报复似的在芦芙荭的书桌上抓掠一把。能见度太低，基本上是抓到什么就是什么。

等坐在自己空气清明的房间，才看清自己顺手抓来的，是1996年18期《小小说选刊》和9期《百花园》，两本像我房间的空气一样叫人觉得妥帖的小书。我一页页往下读，不再听得见隔壁的喧哗。

那时候芦芙荭已经是一个专业作家了，他是那群人里唯一的专业作家，上班就是写作，下班也多半是写作，相邻而居的两年间，我从来都不知道夜里他窗子里的灯是在什么时候灭的，而早上，当我匆匆忙忙跑步去上班的时候他却能静悄悄地睡着。那种散淡闲适的日子差不多就是我能够想象到的幸福生活。

我就试着写小小说了。等写到两篇以上就拿给芦芙荭看，他看了，表情凝重。我再写，再给他看。这样就过了冬天。春天来了，芦芙荭要去郑州领一个奖，他很兴奋，早早就准备了"演出服"，在院子里走过来走过去，问我衣服合不合适，我说合适极了，现在站在三米外看你也像是一个获奖作家了。

芦芙荭就去领奖了，我听见他走到楼下，又返回来，停在我的门口，说，你让我看的那些小小说呢？我从抽屉里取出来，他接过去，装进他的背包里，走了。

几天后他回来，文友们喊叫着叫他请客，芦芙荭慷慨地拍着胸脯：请！拍完胸脯就喊我，问我想不想看一封信，条件是看了我就得替他做菜，请文友们吃。

我后来就提着菜篮上菜市场了。那天我大概做了很多道菜，最后连我冬天用来栽水仙的一只白色陶钵都用来盛菜了，想那天菜的味道也很不错吧，吃过的文友说，就算你将来当不了作家，你却肯定能当一个好厨师。

说那封信吧，是杨晓敏主编写给芦芙荭的信，信上说，你转来的陈毓的小小说我读了，很好，叫她好好写吧。在那封短信里，我看到作为主编的他和作为作家的芦芙荭之间的友谊，以及他对一个无名者的鼓励。等后来熟悉一些，我发现这是杨主编留给所有认识他的作者的一个基本印象。

这之后，我开始了我的小小说的写作，我找到了我曾经在芦芙荭那里感到过的美好感觉，我喜欢这种感觉，我像是一个农人，播下种粒，之后遇到了风调雨顺的日子，他也因此获得了很好的收成，如果说这是运气好，我也不会激烈地反对。

|小小说六味|

什么样的小小说是好的小小说？

不说写，先说读。

读一篇优秀的小小说，如面对眼前一盘六味俱佳的菜肴。

哪六味？色、香、味、形、器、意。

阅读的过程我想大概也如品菜的过程。

语言是小小说的色。语言或诗意丰沛、或老辣洗练，总之，携带着写作者自身独有的气质。

香是什么？香是文字的品相、情趣、雅俗。

味是文字的筋骨，如菜之耐品与耐咀嚼，无论想象的辽阔，还是思想内涵的深邃。

形是布局，也是文本携带的节奏感。有意味的、恰当的细节处理是小小说特别需要的，很多可以被长篇轻易采纳的精彩细节在小小说那里却不可用，这恰恰说明小小说在细节处理上最讲究"有意味"，在"有意味"的抓取上也最见功力。至于节奏，我甚至听人感叹，一个写作者的身体状况都能影响他的文字节奏。

器，在小小说这里，是技巧的运用。不同的素材需要不同的处理方法，不同的内容需要不同的语言节奏，有时会有这样的写作体验，当找到小说的第一句话，就把握了叙述的节奏与语感，甚至整篇文章的调子也能奠定。合适、合理、浑然天成，这些当然是我们想要的结果。这正如器之于所盛之物的恰当和谐。

以小见大，既精微又辽阔，深沉的意蕴是小小说之意。平淡的开始、平庸的收场是小小说最常见的失败。写作最终取胜的，一定是语言、意趣、节奏、气息、形式感这些仿佛千河婉转之后汇聚的海洋——终极意蕴。有意蕴在小小说那里最常见的表情是若有所思，击节赞叹，是余音绕梁，三月不知肉味。但愿能唤起这份阅读体验的小小说多点，再多点。

其实，读好小说、写好小说是读者和作者共同面临的焦虑。

作为读者，作为作者，我也焦虑着这种焦虑。

好在写作如行走，依然在路上，我愿意勤奋思考并热情探索在这条路上。

印象·他们

闲话德北

我有一个经验，大凡内心骄傲而个子矮的人在第一次见面的时候多半会给人留下傲慢的印象。因为他们在看你的时候会不自觉地抬高下巴，使鼻孔朝天。于德北给我的第一印象就是如此。当我看见那个毛扎扎的家伙在众目的注视下像一只红冠的公鸡骄傲地走过来走过去的时候，我就扭转目光去看一只在牡丹花上嘤嘤飞舞的蜜蜂。可我知道他走过来了，我听见坐在我身边的人惊讶地说：你不认识他吗？东北的丁德北！我的心中突然地就冒出来一

句话：东北的男人都像你这么矮吗？可于德北先说话了，他说：陕西的女子都像你这么高吗？他的问话使我吃一惊。

后来熟了，觉得他幽默、风趣、豪放。跟他在一起，你不必担心没有话题而使气氛沉闷。连那些不会笑的冷美人都在他的趣话、笑话、疯话、傻话面前笑得嘻里哗啦。因为毫不保留地将自己的可爱贡献出来，所以他收获了很多的友谊。

有一段时间很少见到德北的小小说，我问他在干什么？回答说是写了两个长篇。接着说，书已经出来了，明天就寄你。说话的时候是夏末，冬天快过完的时候他又说要寄书给我。我正站在闹哄哄的街头，就说，我刚刚看见书摊上有你的书，打2折在卖。他说，不可能！肯定是盗版，正版早都买完了。我后来猜他的意思是：写吧，勤奋点！因为他总是说，你有那么多的时间，你不写作你干什么！

他在夜里十点打电话，也能这样说：给我写一篇什么样什么样的稿子，明天就寄来！或者下一次说，很久不见，想没想念我？不等你回答，就又听见他说，赶快下楼吧，我在你办公室楼下呢！

这就是于德北，他心里的人际关系、朋友关系是简单的，在他的坦然和直率面前，你都糊涂着，觉得朋友之间是否就应该是这个样子的呢？

我偶尔设想这样一幅画面，如果某一天于德北恰巧和一帮高个子的人站在一起，忽然有人大喊一声：天要塌了！于德北会不会跳起来说：不要怕，有我撑着呢！可是我不够个高，请大家弯一弯腰吧！但愿天永远都不要塌，好叫他永远都没有撑天的机会。因为那样，这个不太可爱的世界上会从此少了一个有趣的、诗意的人。当然最主要的，是少了一个善写闲文妙字的高手。

芳邻芦芙荙

芦芙荙决定去大上海学习深造，他离开商洛去上海的那天早上，商洛文联主席鱼在洋对着商州城上空那片逼仄的蓝天长吁短叹：又走了一个！商洛作家为啥都要向外走呢？

芦芙荭当过小学教员。传说那地方青山环绕、绿水长流，曾灵性出一个迷死了三位年轻男教师的狐狸精，芦芙荭把这些故事写在纸上就当了作家。也许那些故事写得太美好，感动了那位狐仙，她不曾去迷惑芦芙荭，而是要成全他离开那局促之地。于是，某一天，商洛文化局局长遇雨滞留那所乡村小学，于是芦芙荭被那位爱写文章的文化局局长慧眼识中，从此调往商洛文创室，成了专业作家。

芦芙荭的书房在一个大深坑里一排二层砖楼的底层，四周的楼房冲天而起，他那间地下室永远别想看见阳光，坐在形同虚设的窗子前，芦芙荭只能从窗户上边的一条缝隙琢磨那些走过他眼前的脚，以此去猜测从他窗前走过的人的性别、相貌。这倒成全了芦芙荭的想象力，他像一位勤奋而又有技巧的农人，种瓜得瓜、点豆得豆地收获了一茬又一茬小说。

芦芙荭在最短的时间内获取了最大的名声。于是他又热闹了。他的房门不时地被叩响，他称之为"啄木鸟叫了！"啄木鸟再叫的时候芦芙荭就很兴奋，特别是女学生临门，就是他最幸福的时刻，那声对"芦老师"呼唤的应答格外响亮。在不得不被众牌友拉去打牌的时候，芦芙荭对我悄语：若有人来，以三击掌为号。久了，众牌友在他牌势好时就乱击掌，好让他多输银子。

芦芙荭去上海学的是戏剧，学费是单位出的，他为此要写出一部好戏作为回报，并以此来振兴商洛的戏剧。好在芦芙荭做什么成什么，想他写出一部上座的戏剧，也不是难事。

昨天收到芦芙荭从上海寄来的信，他在信中豁达地说他听不懂上海话，人家上海人也听不懂他的商洛话。

我想芦芙荭在上海是寂寞的，好在文人是不怕寂寞的。

江南才子王海椿

土海椿曾写过一篇获奖小说《狐仙》，小说写了一个江南才子和美丽狐

仙的故事。其实那狐仙也非蒲松龄笔下的真狐狸，是现实中一位美丽、善良的小妓女。为了才子，小"狐仙"甘愿血洒寒霜，叫人读了感慨唏嘘。才子的魅力在这里可见一斑。

我想如果那个江南才子有现代版的话，当是王海椿这样的。

王海椿的老家在淮阴，那也是韩信的故乡，我跟海椿谈韩信，问他漂母赐赠韩信食物的那条河今天是否还在，海椿确定说，在的，欢迎你去看呐！

海椿说话喜欢用叹词，语调慢悠悠，这使他的话听上去很是散淡，仿佛这个世界上根本没有值得着急的事，就算向你约稿，也用那样的语气，如果是个懒散的人，这约稿注定遥遥无期。海椿倒不催，心定气闲地在那边等待。时光飞逝，等你写出来的时候海椿已经换单位了。

海椿不久前来西安出差，电话里嘱咐芙苈要预订的酒店的标准，挑剔得很，我们就笑话他"阔了！"他也跟着笑，这一笑，又暴露了骨子里的朴素本色，脸红红地说，是单位要求编辑出门别忘了"适度合理"。

和芙苈一起请他吃羊肉泡馍、吃陕西形形色色的面，海椿每吃一家，都要多情地写一首赞美诗，把他的那些诗句连在一起，比他吃下的面条都要长。听着他没完没了地吟诗芙苈很是着急，说海椿如果再在西安待一段日子，肯定要改行做诗人了。这是一个饿死诗人的年代，我们不能见死不救，要做旁观者清的好朋友。于是买票，送海椿上飞机。

临走前，海椿拿出两把十分精致的竹筷，说是要送给芙苈和我做纪念。他说那是广州最有名的筷子，我说我刚搬家，买了盘子和碗，正差筷子没买，海椿就笑得十分开心。芙苈哈哈一笑：海椿人走了，还把筷子留下来，真是好吃的人。

老炳这个人

老炳大名叫袁炳发。他喜欢人喊他"老炳"或"炳兄"。老炳喜欢喝酒，酒量倒不大，因为只要喝酒，他总是最早地显出酒意来。就算有了酒

意，也要豪气地坚持到底，使三分酒意增加到了七分。有了酒意的老炳话更多，故事更多，常常不经意就说出了正在构思的某篇小说，说出来了，又觉得有一种过早揭了锅盖的遗憾。可下次酒意高了，又会将前面的遗憾忘得干净，依旧说了、讲了、锅盖揭了。

老炳说，你没去过哈尔滨吧？没吃过松花江的鱼吧？那不就是打个盹的来回？来吧来吧！来看雪！

借用侯德云的话：老炳这人太热情！比如他很热情地教人说东北话，很热情地介绍你认识他的朋友，很热情地给你提供编辑的地址……但老炳却从来不会替女士拎包。问他为什么？他笑而不答，十分深沉。

老炳的职业是专业作家，可他写的专业外的文字比专业的小说还要多，再问他为什么？这回他倒回答得利落爽快：稿费高啊！

印象谭延桐

谭延桐是个安静的人。他的安静给人的感觉是他的心里时时都装着那种"如莲的喜悦"（贾平凹语）。而且他自己极有营造安静的能力，比如在他讲话的时候，不管周围有多少人，都会有一种绣花针落地也能听得见响动的静。

我遇见谭延桐，是在郑州的一次小小说研讨会上。那次，听说他会看手相，而且"看得挺准的"。几位女士洗净了右手上的脂粉相约到他屋里让他看。不料让他看手相的人排着长队呢。再看看了手相的人出来，脸上有一种如在梦中的恍惚。外面等着的人急问：看出什么了？回答说："天机不可泄露。"

谭延桐写诗歌、写散文、写文学评论。那次去郑州，他就是以评论家的身份去的，他说了一句让听者再三鼓掌的话，他说郑州是小小说的航空母舰。

作为编辑，谭延桐对小小说文体以及小小说作家给予了很多的关注。他在他编辑的《作家报》上开设有专门介绍小小说作家和作品的栏目，叫"当代小小说作家梯队"。

谭延桐的第四本诗集和第 本散文集新近出版。我想，生活对于谭延桐是优厚的。因为生命的诗意和美好盛放在他的内心，又自他的心中潺湲而出，流淌于他的笔尖。

印象魏永贵

酒是威海啤酒，虾是琵琶虾，是认识魏永贵之后才知道的一种生物。

放下行囊，给我们每人手上递一杯茶，魏永贵匆匆下楼去，再回来，手上多了一只袋子，袋子里装着蹦跳的虾，形似琵琶，故名琵琶虾，魏永贵说，请你们吃琵琶虾，顶级新鲜的。威海的四月，正是琵琶虾肥美的季节。

魏永贵的家在威海一条名叫古寨的路上，汽车盘旋而上，上到很高的高度，像传说中城堡所在的位置，坐在他家客厅，透过玻璃窗，我总觉得大海就在他家窗外不远的地方。

琵琶虾被魏永贵迅速煮熟端出，通红明艳、香气四溢地在桌子上。于我们，吃琵琶虾是不熟悉的劳动，凝神应对，嘴巴、手、眼睛通力合作，因为看海而拖延了半天的午餐这会儿比谈话更重要，于是众人的言语支支吾吾，语焉不详。

忽然风起，风舞动纱帘，大团云雾飞进了窗户，把我们暂时隐匿在雾中。

雾从海上来，而我又身在何处？

印象王奎山

王奎山是平静的。他沉默寡言的样子像一位深谙农事、身怀技艺的老农。

他的沉默和安静会让初识者觉得他是一个不好接近的人。事实恰恰相反，我第一次见他就阅读过他的很多篇小说，印象深刻，十分喜欢。等见了，却没说感受给他。待第二次见面，我告诉他第一次见他时对他的印象，他粲然一笑，说，你若写信，只写一句话：奎山大哥好！也成！

会议的间歇去拜见他，见他独自燃着一支烟，正对着刘公给他书写的两句古诗默想。我们感慨古人把诗的意境写尽了，话题由此引向小小说，他说他因为写作小小说而骄傲，他不认为小小说有两个小字就自卑，小小说依然可以是大小说。他说一个人一生的精力是有限的，能全力做好一件事就已经不容易，就难能可贵了。

对于年轻作者，奎山的态度是真诚的。他不虚饰、不夸张、不说违心的话。

他对自己的状态是满意的，无论生活，还是写作。平静、真实，如他的人。

印象孙方友

孙方友给人的感觉是激情饱满、热闹生动，仿佛是暴晒在六月骄阳下的豆荚，随时都可能"吧嗒"一声蹦出一粒机智幽默的豆子。

在青岛燕儿岛开笔会，他被酒店前台服务的女孩子慧眼认出，小姑娘脸儿绯红、娇喘微微地请他在她带锁的笔记本上签上大名。他洒脱地写下：方友俊男。

在去崂山的路上，他更是不断地被大家请过来请过去地合影。海风也赶来凑热闹，伸出长手指弄乱作家们的头发，等他们抚平头发，等得摄影师心烦。

孙方友站在人左，站在人右，睁大眼睛、一脸匪气地说："谁都没有我英明，聪明人知道看海是要戴顶帽子的！"话音刚落，一阵海风吹来，他的帽子翻卷着飞向远处。海风一下子就揉乱了他的头发。

再看孙方友的那顶白色太阳帽，早被年轻的李浩飞身抢在手上了。

徐慧芬的围巾

1998年秋天的最后一场雨落在郑州大学校园的紫藤花上，落在我和徐慧

芬的注视里。因为参加一个笔会，来自上海的她和从西安去的我能有机会坐在同一扇窗子前听雨。在会余的闲暇时间，因为都喜欢安静，我们索性紧闭了房门，我泡了两杯茶，我们临窗而坐，聊一些随兴而起的话题。茶的香气在室内氤氲着，情景十分的好。徐慧芬突然说，你坐着别动，我给你画一张像吧。我很意外，没料到她除了写小说还会画画。我坐着，不动，等她画。她很快地画起来。我这才知道，在成为一个小说家之前，她早已经是上海梅垅中学的美术老师，而且是一位相当出色的美术老师。徐慧芬三十岁的时候发表自己的第一篇作品，并且这第一篇作品就受到了关注，得到了如潮的好评，这以后越发不可收，接二连三地写出了一篇又一篇反响很好的小说。徐慧芬称那些小说为自己盘中的茴香豆。一颗一颗，很是珍爱。

说徐慧芬给我画的这幅画像吧：画上的我披着一条大花的围巾临窗而坐，画是铅笔画，可我知道围巾的颜色：金黄色的底子上开满了蓝色和白色的玫瑰，冷与暖的调子反差极大。侧逆光使我的半边脸明亮、半边脸幽暗。明亮的那边很夸张地画着一串紫藤花，繁复的花朵沉甸甸、湿漉漉的，停驻着那个午后的雨。我脖子上的围巾是徐慧芬的。也只有懂得美术的徐慧芬敢选择这样的一条围巾。那几天郑州总在下雨，徐慧芬一再地认为我的低领毛衣让我的脖子看上去很冷。不容拒绝地将她的围巾围在我的脖子上。

笔会结束，我们各奔东西。分别后很少联系，只是在这里那里看见她的文章。但1998年郑州秋天的那一场雨和徐慧芬那条开满玫瑰花的围巾给我的温暖连同她画的画像会长久地保留在我的记忆里。

冰 蓝

我不知道用颜色形容一个人是否准确合适。如果可以，我想申永霞应该是冰蓝色的。

我第一次以文学的名义和一群人聚会的时候就遇见了申永霞，我们住一个屋子。从那以后，假如是两个人都参加的会，必定是继续住一个屋子。

当我看见那件散漫在白色床单上的冰蓝色睡衣时，我就一下子喜欢上了衣服的主人。我们说缺主语、少宾语的半通不通的句子，却不担心对方会听不懂。那段时间我正迷恋摄影，遇见如此喜欢的模特，就给她照相，"咔嚓"一张，再"咔嚓"一张，照了又照，一边照，一边请她摆出各种姿势，并告诉她这样摆姿势的好处。她目露崇拜，十分配合。分别后我把厚厚的一摞照片给申永霞寄过去。她很快写来一封言辞切切的信，说非常非常地想念我，两个非常之后开始了批评，说我的实践远没有我的摄影理论好，很认真地挑出了照片的二十条毛病，比如她的头发为何没有像黑色的风飞起来，比如为什么我照的是她大笑的样子而不是巧笑倩兮的样子……我仔细地读那封长信，我相信那封信给我的启示比听名师的一堂摄影课都多。

不久西南铁路开始修建了，报上的消息叫我俩振奋，因为假如西南铁路开通，从我住的商州到她住的南京就是一个晚上的旅程。不管是她来，还是我往，都方便得很。

那个秋天的时候，她却去了北京，为了爱情，很崇高的理由，我真诚地祝福她，我也同时到了西安，没有明确的目的，她也祝福我。我们彼此祝福，像两个上前线的战友，约定往后的联系方式。

后来又因为开笔会，在这里那里见过两次面，却往往是话到嘴边又不说出来的犹豫，分别以后却像是刚见面似的问长问短，抒情的程度近于肉麻。彼此觉得都变了，却不知变在哪里。想一想，觉得不变才是没有理由！于是就拼一些美丽的句子做游戏。就算坐在一起，也把想说的话写在纸上，递过来，再递过去。我们称那叫"幸福的开会时光"。

偶尔谈到彼此的工作，在两个当事人的表述里，彼此正在做的，一定是世界上最有趣、最美好、最叫人快乐的事情，有时也抱怨，把能想到的糟糕的词语一次使尽，但都知道，也许是那会儿真实的心境，也许根本不是，但这，又有什么要紧呢？

|马克·吕布的眼光|

　　那道如同被闪电击中的眼神最初打动了马克·吕布，这一刻，又使我吃惊。被当作此次"马克·吕布摄影展"海报的，其实最初就是一张海报，一张受损的海报，一道划痕从画中人的眼睛处漫开，恰如一道凌厉的闪电，照进画中那个男人的瞳孔深处，这使画中人的那张脸显得格外冷峻有力量，格外不寻常，摄影师马克·吕布用相机记录下他的发现。

　　这样被感动、被记录的瞬间在马克·吕布那里数不胜数。终于由无数的点串联为一个广大深厚的体积，拥有了时间的广阔和空间的深远，这广阔和深远属于马克·吕布，也被此刻的观影者感知，在他的发现里回顾、重瞻、如初发现。除了记录下拍摄照片的时间和地点，我格外喜欢附在照片边上的文字，这些文字可能是在他每次回归到暗房整理照片的时候及时添补上去的。今天，隔着如此遥远的时空，这些说明照片的文字仿佛叫我听见按动相机快门那一瞬间那个人的心声，他说，看啊，生活无处不在，生动无处不在，活力无处不在，哪怕是身处贫穷、饥馑之中，哪怕战火和灾难就在近旁，但爱与温暖，从未离开，美，也在边上静默着等你发现，活着是永恒的，是值得追究的⋯⋯

　　你看——

　　年轻的时髦的母亲和自己小小的光鲜的孩子走在人行道上，和那些陌生的却如此无碍的人擦肩而过；晒在墙皮斑驳的院门边的毯子，毯子上盛放的鲜艳牡丹仿佛能释放香气；走出森林的裸体的野孩子和你面面相觑；两架高耸的冒烟的烟囱间卡腰的伟人凝神望远；巧笑嫣然的艳丽明星殷勤代言身后的商品……

但是，时代、时间如列车，行在它自己的轨迹里，轰隆隆，开过去了……时间于每一个人，过往的、现时的、未来的，都如此平静、不动声色。他真的是在用镜头诉说、讲述，他似乎不用为裁切照片费精神，他也不会选择连拍，然后百里挑一吧？但他是那么精准迅捷地抓住他的看见，理解，并迅速完美地表达出来。整体布局中的细节无处不在，感动之余只觉得他的取舍恰好、最好。

好照片一定是一瞬间需用一生的长度来解释，需要重重叠叠慢慢诉说才能够完成。这是这个下午我得到的启示。

越是艺术成就非凡的人，越能见其心中不灭的可贵的天真，有这样保持一生的好奇之心，这个人才能在那些常人不以为意的地方发现、阐释，他说，意义无处不在，不信，你看。

在静止的地方发现跃动，在混乱中看见秩序，在蒙昧处看见光亮，在逻辑里发现荒谬，在拥挤中发现空旷。我还在马克·吕布的眼光里看见这些。

最早看见马克·吕布的作品，大概是在文学期刊上，在封二位置，他的作品被赏析，现在在我家附近的这个阔大美术馆里，和他的近千幅作品相遇，可不就是一场视觉的盛宴吗？

|眼睛后面的眼睛|

1

侯德云说，没有一种生活是可以事先设计的，无论生活中那些令人难忘的细节，还是影响一生命运走向的某个细节。一切都是可遇而不可求的。他说得很对，生活充满了偶然和未知。但站在今天回望，他多年前偶然走上的这条路，却是花香满径。那花，也不是预先就长在那里的，是他自己弯腰弓背，日晒雨淋一株一株亲手栽种的。用他自己的话是"苦苦地探索、苦苦地跋涉"，"殚精竭虑"。这条路的名字，就叫小小说之路。

"在《小小说的眼睛》里，我看到的都是小小说。我相信，你也一样。"侯德云说。

是的，看到的是小小说，小小说的人和小小说的事，是他自己经历的思考的，却也是被很多人能够找到共通感的。

"小小说的×××"就是他对小小说领域一个很大范围的阅读与解析，我相信还会有更多的人走进他的视野。

"瞬间与花絮"相信在很多人那里可以换来会心一笑，感慨他让时光又倒回了一次。

在这本书里，还能看见他的激情，他的那些或分明或隐秘的快乐。更多的，是他对小小说文体的思考，以及他从更广泛的阅读经验里得来的，可以放在这里佐证他的某些实践的"理论"。这本书向你展示两条小道，一条感性，一条理性，在它们不停的交会处，你看见一个真实的侯德云。

2

我喜欢侯德云字里行间弥漫着的混沌美，那种叫你心生感觉却无法一言以蔽之的东西。从前我用"核"来概括。读他的小说，你会发现这"核"是他一直竭力想要表达的东西。正是这些"核"，完成了他要表达的"意味"。

侯德云说写作是他的生活方式，在他的这种生活方式里，他对于写作的野心，或者信心可见。如果时间倒回去二十年，他还是一个渔家少年，如果再往回倒，他差不多就是一个在海浪里和鱼嬉戏、在沙滩上和贝壳玩耍的小孩，站在"那时"想象他的"今天"，会有无限可能：比如成为一个热爱庄稼的农民？或者一个很会"碰海"的渔人？看他的现在，你有理由相信，就算是成为农人或者渔夫，他依然会是一个"快乐时时处处"的"诗意"的农人或渔夫。

3

有段时间，德云打给我的电话里总说他要归隐了，连归隐之地都找好了。我一点不着急，还在电话里笑问他，如果当隐士，你是喜欢拾得那样的？还是寒山那样的？

我对隐士的猜想是这样的，从古到今，那些真正隐逸之人，一定是不被人知晓的，就算他没归隐前名声响亮，但从他归隐的那一天起，世上将不再有他的蛛丝马迹。我猜想侯德云可能有了一个更大的写作计划，想安静而已。但他在信里给我描绘的那个"闲云村"实在诱人。信里的"闲云村"是一个有山有水的美丽村子，村子里有他的两间灰瓦房，屋前有地，他在地里种玉米、种土豆、种豆角、种花生；也种花，种菊花、种牵牛花，还种玫瑰花。他侍弄庄稼、侍弄花儿，也享受收获它们的喜悦。离开土地的时候，他就去池塘钓鱼，钓黑鱼、钓鲤鱼、钓鲢鱼、钓草鱼……对着水里吃鱼虾的

鸭、草里吃虫子的鸡自言自语，偶尔他也挂锄遥望，望见的虽说不是陶潜的南山，但情景或许是相似的。此后很长时间再无他的消息，于是我打他电话，一个停机，一个没人接，还有一个传来陌生人的声音，说：下乡了！我想"下乡"是否就是"隐居"的意思呢？

后来在《小小说选刊》上读到他的文章《蒲公英枕头》，字里行间弥散清风、明月、露水的味道，有逸士气，接着读到《花妖》，读到《幸福的猪肘子》，读到《水汪汪的猪皮冻》，我忍不住大笑：这是怎样的一个隐士！

总算等来了德云的电话，我问德云，你知道古代那些要去归隐的人为什么把他的诗句题在山石上、破旧寺庙的墙头上？他是想给人留下一条行踪路线图！君再向深山里行吧！你的脚走得越远，你的文章离现实的生活就越近。

第四辑

家园

|祝 福 西 安|

　　住在西安，我或许偶尔也是骄傲的。比如面对外地朋友时。我的朋友对西安有依稀的了解，比如知道西安曾有过中国历史上13个王朝在此建都；有过因文明与富足吸引得八方来朝的大唐盛世；有世界上保留得最完整的古城墙，并且当代人还可以在上面走来走去，在下面穿来穿去；有年年清明都要吸引得像蒲公英一般散落世界各处的炎黄游子万里而来，掬一把黄土洒两行热泪的黄帝陵，有兵马俑、华清宫……更有性情浪漫者，就问我灞柳烟雨是怎样的雨？骊山晚照是怎样的落日？泾河渭河又是怎样的分明着的？李白《忆秦娥》中那个"箫声咽，秦娥梦断秦楼月"里的秦娥可就是西安的美女？——这时，我也心生过类似于贾府焦大般的光荣感吧？可是转过身去，那感觉会轻烟般散去。

　　我远方的朋友问我愿不愿意去他们的城市，他们帮我设计前程，勾画未来生活的轮廓：有喜欢且力所能及的工作，待遇不菲，居有定所……我似乎无力拒绝了？"适合生存，能够发展，自己的脚步可以抵达"——这还不够吗？

　　我就在那一刻明白我是喜欢西安的。喜欢编辑部楼下那条叫朱雀的大街，道路两边栽满了国槐与石榴，春天国槐一天天变绿，终于亭亭如华盖罗列，石榴在夏天花红似火，车子在街上静静驶过，连树丛中的鸟儿也不惊起。我想起多年前当我到来时那个初秋暮雨之中自己和那条街的模样。

我也喜欢那些活在古意里的地名，那些老街巷，含光路、明德门、朱雀门、端履门……一个个数过去，就看见西安所具有的独特的品质。还有小巷深处那些坚守着自己的众多的小吃：擀面皮、肉夹馍、羊肉泡馍、西冷春牛肉面、粉蒸肉、小六汤包……它们不够大方，但它们氤氲出的气息在空气里，就使人觉得身边的生活就有了可供抓握的亲切。

　　我选择不走。我知道我仍旧偶尔抱怨——抱怨这里夏天的炎热缺雨、秋冬空气的脏，抱怨交通拥挤，走到哪里都是人，但这是我的城市。

　　这时我的电话响了，电话是那个询问过"灞柳烟雨"的朋友打来的。她说她在报纸、电视上看到西部搞大开发，她听消息说未来的西安将建成既具上海的现代精神又保留着古典意韵的美丽城市，她说："你能够生活在那里，你多幸运啊！"

　　我说，那我们祝福西安。

和你在一起

　　——谨以此纪念汶川大地震中的死难者

　　愿逝者安息，生者奋进。凝聚爱与坚持，我们共渡难关。

震　惊

　　2008年5月12日14时28分。四川汶川发生8级地震，大半个中国都感到了震动，整个中国都感到了钻心的疼痛，世界的目光迅速聚焦到中国川西的汶

川。时钟停止摆动，安宁的家园顷刻变成废墟，无数鲜活的生命顿然停住脚步，柔软的身躯在水泥与瓦砾间挣扎呻吟，地震震痛了整个中国的心……

大救援，国人同命运共呼吸

"时间就是生命，灾情就是命令！"从共和国最高领导人到普通老百姓，从群体到个体，面对这场突如其来的巨大的灾难，面对从未有过的艰巨挑战，整个中国迅速行动，迅速投身到抗震救灾的大战场上来。温家宝总理在第一时间飞赴灾区，胡锦涛总书记不断辗转一个个受灾区域，千军万马的救援队伍从祖国的四面八方快速集结向灾区开拔，整个中国都进入了一场史无前例的大营救。十万中国军人身赴救灾前线，灾区之外的亿万百姓纷纷伸出援助之手，无数志愿者夜以继日奋战在各个救灾点，媒体在第一时间出现在前沿，做出最大规模充满细节的报道。

靠近点！再靠近点！ 这是一场人与自然的较量，中国在行动！快点！再快点！道路不通，我们开路！数万群众生死不明，我们搜救！"需要多少军队我们就派多少人来！"在倾塌的瓦砾和废墟间，站立起来的是共和国的信仰和勇气。抢险、捐助，我们救灾的力量像滔滔不绝的江河水。政府以高效的组织性，民众以自觉的主动性和广泛的灵活性参与着这场大援助，在这个需要举国之力共同担当的巨大灾难面前，社会的群体心理发生了强烈的共鸣，民众与政府之间达成心灵上的高度契约。的确，"这是一次生命教育，是一次灾难教育，也是一次情感教育。"因为灾难在本质上伤害的是每一个人。死亡层层叠叠，压得人喘不过气，但中国人不言放弃，这是对生命的最大尊重。5月19日至21日，国家哀悼日，举国默哀3天，降了半旗，十三亿人集体沉默，把一场旷世的哀思升华为国家哀悼，默哀中的中国是团结的万众一心的中国。

救援仍在继续，捐助仍在继续。我们并不掩饰泪水，但我们会节制悲伤，因为只有化悲痛为行动、为力量，我们才能早点走出困境。

总有一些感动让我们泪流满面

突如其来的灾难面前我们团结一心，凝聚力量，这是最可宝贵的财富。

国家重视人民，人民信任国家。灾情虽然悲惨，但所有人都看到了一个更有希望的中国。"人"字被大写，人命、人心、人性都得以高举。

"我只要这10万群众脱险，这是命令！"

——温家宝听闻彭州10万群众被堵山中时说

"只要有一线希望，我们就尽百倍努力，绝不会放松。"

——温家宝指示要不惜一切代价救人

"你别哭。政府会管你们的。管你们生活，管你们学习。"

——温家宝哽咽着安慰被救出的孩子

我们借此看见一个勇于担当的政府，我们心疼总理的摔倒与流泪。

"我知道你们会来救我的；我相信你们会来救我的。"

—— 一个被压废墟下的女孩看见前来救援她的军人时说

"这些中国军人是最棒的，他们不仅在如此艰难的情况下工作，他们在付出他们的感情。也许他们是今天世界上最好的军队。"

——德国探险家伯格丹在救灾现场评价中国军人

我们借此感受到人民对国家、对军队的深深信任。我们能够信赖他们。

"叔叔，我要喝可乐！"

——一个被救男孩说出他那一刻的愿望

"今晚的月亮真圆啊！"

——一个被困30小时的女孩获救后说

这是对生的礼赞，我们借此看见生命的美好与强韧。

亲爱的宝贝，如果你能活着，一定要记住，我爱你！
——一个母亲临终前的短信留言

母爱使我们潸然泪落，母爱又使我们变得坚强。

"每当我们的国家遇到灾难的时候，中国总是向我们提供帮助。这是我们对中国人民对菲律宾人民的慷慨和善意进行回报的时候。"
——菲律宾总统阿罗约的发言

我们看见，爱可以生出爱，爱可以播撒爱。

再小的爱心，乘以13亿，也是巨大的；再大的困难，除以13亿，也是微小的。
——湖南卫视赈灾募捐晚会上主持人的台词

我们籍此看见全民抗震救灾的决心和力量。

余震不断，却撼动不了我们团结一致的力量。我们坚信爱能创造奇迹！从灾难中走出，从困难中一步步走向光明，中华民族再一次挽起团结的臂膀，守望相助！全中国和四川人民在一起，共渡难关，共建明天！

众志成城，我们共同祝福我们的祖国，平安！吉祥！

重建家园，生活在继续

明天的生活会更美好！这是我们共同的祝愿。在灾后重建中，我们需要建设的，不仅仅是我们大地上的被震毁的家园。

因为大自然的灾害总是不以人的意志为转移，既然山川可以在瞬间崩裂，道路可以在瞬间扭断，城镇可以在瞬间毁灭，在大自然巨大的力量面前，物质上的金汤之城有时显得那么脆弱，不堪一击。但是，灾难使我们学习，悲壮的牺牲使我们清醒，单纯的物质上的强大并不足恃，如果生命无法保障，一切都变得没有意义。大地震使我们重新认识人本身，重新回到人本身，冷漠、骄矜、轻狂，在这一刻，被真情、牵挂、怜惜赶走，我们彼此珍惜、携手同心。这是我们的进步。我们再次看见我们民族的魂，这就是仁爱、包容、坚韧。

从生命大救援，到大灾后各种衍生灾害的及时防治，我们真切感受到我们的政府在身体力行、在努力践行，在用整个国家的力量去挽救一个个具体的生命、普通国民的生命，用踏实的、不遗余力的行动向自己的人民、向全世界证明自己对普世价值的承诺。

能否做到准确的地震预警？地震逃生教育是否做到？爱心捐助能否安然抵达最终的去处？大坝建设与生态安全是否一致？学校建筑质量能否更好得到监督……当诸多方面的问题引起我们更深一层的思考，反思必将继续，构建必将继续，社会秩序与机制的更完善有理由得到期许。

如何将灾难中呈现出的社会的高效、空前的团结、人心善的品质保持下去，是这次大地震留给我们的又一个深沉课题。

因为活着的13亿中国人都共同体验了同一种感情，我们的生命观、生态观、生活观都被再一次洗礼。

逝者已矣，思者永伤，汶川、北川、彭州、茂县、都江堰、什邡、青川、宁强、略阳……这些大地上的明珠，让我们记住它们，灾难摧毁了家园，但在灾难中站起来的是我们重建家园的信心和决心，我们拥抱生命、

重整河山、重建家园，我们让爱与温暖长久绵延，我们在灾难的大考验中思考并进步，我们的生活方式必将走向更科学、更理性的明天。

|这一刻，你验证着眼泪的高贵|

眼泪！这段日子，我们活在深深的忧伤中。在为身处汶川大地震同胞揪心的日子里，四川卫视的直播尤叫我关注。屏幕上，你保持职业的感情恒温播报，即便是在你和救灾前线记者连线的那一刻。我知道，新闻主持人的职业要求，就是不要太浓的感情色彩。但是那一刻，我没心思评判这些，因为比较于同胞的生死，后者比前者重要。

电视画面里，我看见那个被压在废墟下已经3天仍不放弃生的希望的人——陈坚，一个26岁的青年，一个用自己的坚强感动亿万人的青年，一个只想普普通通地活着，只想和老婆和和睦睦过一辈子的青年。经由你，我听见他如此朴素却在那一刻显得奢侈，又那么遥不可及的愿望："我必须要活下去，因为还有很多我爱的人在等我。我妻子怀孕了，我一定得坚强……"也许因为手机信号不好，也许因为还有更多消息要进来，我看见连线被你打断。我平淡地以为这本没什么，因为还有更多地生死在那里和我们抢时间，因为陈坚的坚强让我和你一样误以为他能够转危为安。

但这一次，我们败给了时间，陈坚在被救出一小时后死了，他在废墟下未能说给妻子听的那段话成为最后的遗憾。知道真相的你泪流满面，我看见你在屏幕上痛哭失声，哽咽难言，你说你不知道会是这样，你说你不该终止和陈坚的连线，你应该让他说完自己的愿望……与你在同一时刻泪流满面的还有我，以及成千上万的你的观众。是的，在生死一刹那，有太多遗憾，不仅是你的，也是很多人的。那一刻，我看见你的真诚，觉得你的歉意是如此高贵，也因此觉得你异常的本真和美丽。我们忧伤，但不能绝望，让我们一同记住陈坚的话："要坚强。"记住生命的坚韧与美好吧。

还有，我记住你的名字：蒋礼。

家　　园

这些天，对一片土地的记忆重新被唤起，清晰如昨。

1988年，因为去当时尚不那么美名远扬的九寨沟，我成为这片山水间匆匆的过客，走过从都江堰、汶川、茂县、松潘到九寨沟的这段行程。我曾偶然停驻在一个藏族女人的院坝上，在她家的火塘边喝奶茶，就着盐蘸青椒吃掉半碗烤土豆，听主人家那两个脸孔黑黑眼神却分外明亮的男孩在我身边笑闹。告辞出来，眼前大片的树林从高高的山顶直泻下来，然后是斜挂山腰的青稞金黄的田地，田地和林子的尽处，是一个缓慢出现的镇子，苍黛的群山，饱含着松脂香气的洁净的空气，蓝到寂寞的天空，即使是深夏依然冰人肌骨的清冽的河水，永远安静微笑着聆听你询问的路人，村寨里骤然响起的悠长歌声……——成为那年行旅留给我的长久回想。

2008年5月12日14时28分。汶川发生8级地震，那一刻，所有有震感的人

都以为是自己脚下发生了地震，随之确凿的消息并没有使更多人释然，即便知道自己安然，即便得知震区的朋友安好，我们依然焦虑、依然牵挂。因为在灾难而前，我们的震惊是一致的，哀痛是一致的。正因此，刹那间汇聚起来的爱与力量才能如此汹涌澎湃。

"别哭，我的宝贝，让我来吻干你的眼泪，这阵可怕的乌云不会永久盛气凌人，它们不会长久霸占天空，吞灭星星只不过是幻象，耐心地等吧，过一晚，木星一定又会出现，这些发金光和银光的星星都会重新发光……"

这是美国诗人惠特曼的诗句，忧伤但不绝望，如我们此刻的情感。

我还想起另一个作家，《人类的大地》的作者，法国人圣·埃克絮佩里，在成为作家前他是个了不起的飞行员。当他和他的同伴驾驶着当时并不发达的飞机翱翔在天上，一次次穿越雷电和冰雹的袭击时，让他无限想念无限遐想的，是地面上那照亮着他牵引着他给他巨大希望的人类的灯火。在万米高空之上，在无边的黑暗之中，在恐惧与绝望的边缘，他赞美并渴望回归大地上人类的家园：撒哈拉广袤的沙漠总让他联想到深广的麦田的颜色，阿尔卑斯山下某幢低矮的农舍的灯光能驱赶他暗夜的孤单；而当他飞过某座城市，看见城市的大片灯火，他会幻想某一盏灯火下人们正围着火炉轻声交谈、恩爱地微笑；而另一面窗前，正有人仰望天空，渴望识破天上的奥秘……也许正因为有对家园的情牵，人最终才能获得踏实的幸福感和归宿感吧。

"我看那些山，一层一层的，就像一个一个的梯阶，我觉得有一天，我的灵魂会踩着这些梯子去到天上。"这是藏族作家阿来在他的《大地的阶梯》里记录下的，川西某寺庙中一个喇嘛对这片山川的诗情描述。

在灾后的这些日子里，这些灾难前被摄像师记录下的照片被我一次次重读，读这些美丽的照片，我都会被它呈现的景观吸引，这是人类大地上的家园，我们的家园，我被它绵延的美感深深打动。人与他脚下的土地在漫长的共处中，竟不知觉地绘就了如此生动的卷轴：诗意、和谐，深怀大美。我会由衷感慨，这才是人类身体和心灵永远的皈依和栖息地。

|虫鸣在月光地|

这个五月，我去了贵州。贵州是个神奇的地方。据说两亿多年前，而今耸立境域的高山并不存在，那时候这里还是一片汪洋，贵州龙在幽暗的海水中游曳，海百合张着花朵一般的触角自由地觅食。没有谁会料想某一天厚实的海水会抛弃它们，死亡刹那降临，世界在一瞬间沉陷于黑暗。

现在，不断出土的化石诉说着遥远的往事，游曳的贵州龙依然保持自由的姿势，隔着两亿年的距离，后来的我们站在这些巨大的化石前兴奋地按动手中的相机快门，贫瘠的生物知识甚至使我们说不清海百合属于植物还是动物。

据说恐龙也是在白垩纪消失的，无论科学家如何努力，至今也弄不清是怎样的变故集体结束那么多强大的生命，倒是恐龙的食物——桫椤，这种以孢子繁衍后代的植物，在巨人的变故后顽强重生。吃桫椤叶子的恐龙灭绝了，活下来的桫椤成了贵州茂密丛林中无用的植物，人类在评价桫椤的时候会说，这是古老珍稀的植物，是活化石，活标本，但它是空心的，它不能做什么，无用。人站在桫椤巨大的树冠下说着这话，沉默的桫椤用宠辱不惊的表情在五月明丽的阳光中剪辑出一片海蓝的天空。我想，如果桫椤有语言，如果人类能破译桫椤的语言，那我们肯定会更好地理解时间，理解海枯石烂、沧海桑田这些词语后面那巨大的空旷与苍凉。

不仅贵州，我知道在更大的范围内，五月的田野都是一片葳蕤，立夏连

着小满。竹笋拱破厚厚积叶飞快窜向空中，金黄的油菜花在这个季节结了饱满的荚、小麦正默默灌浆、樱桃红了、枇杷金黄、蚕豆频频出现在我们的餐桌上，大地依然慷慨赠与，泥土在这个季节呈现空前的洁净与芬芳。新生的生命在腐殖质中卓然生长，正是沉舟侧畔千帆依然竞渡，枯树枝上，一朵灼灼红花报知着春到来的消息的时候。

在贵州的这些日子，我们常常临着四川走，有时隔着一条不宽的江河眺望四川。贵州的高山与长河使我们联想到四川的江河，贵州辣椒的辣使我们联想到四川的辣味道，遇见和四川同样腔调的贵州人说话，我们会把他们错当成四川人。我跟四川的媒体同行说三年前我就想去汶川，三年后我们却在贵州相遇。

距离2008年5月12日，时间过去了三年，三年，一年生草本植物枯荣了三回，一颗落进地缝中的黄桷树的种粒变成了一棵树叶婆娑的小黄桷树，在那个地动山摇中降生人世的孩子会说话、能走路，该上幼儿园了……这都是时间的力量，时间如一双无言却有力的大手，耐心抚慰，静静抚平。

还有那古往今来的月亮，多少回来往于我们窗前，又多少回照耀于那片土地之上，还有那清白月光地上的虫鸣，年年如草木花朵般生长出来，用它们清亮的歌唱，使夜晚显出温情与温馨，能使我们的内心安静，仿佛在说，睡意酣，夜未央。

在今年5·12汶川大地震纪念日到来之际，一堵镌刻着诗歌的诗墙在那片土地上站立起来，吟咏与歌唱，使人类的嘴唇显得高贵。愿生如夏花绚烂，逝如秋叶静美。这是适合吟咏的时刻，从屈原那里、苏轼那里、波德莱尔那里、泰戈尔那里，我们找到人类共通的情感源头。灾难面前，我们哀伤，但不绝望。如此刻，在这样的夜晚，你听，这充满生命力的虫鸣盛放在每一片被绿色覆盖的月光地上。

|水中的忧伤|

1

"黑龙江省宁安市沙兰镇发生洪灾，92个孩子在洪水中遇难。"

得知这条消息是源于我的同事杨大早的早间读报。

每天早上在办公桌前坐定，杨大早的第一件事就是把当天的报纸揽到面前读。他通读报纸上的标题，五六份报纸读过一遍，一个早上就差不多完了。

久了，大家也习惯了他的朗读，一边各自做自己的事，一边有一耳朵没一耳朵地听，倒也不担心世上发生了大事而你独自在无知的暗处。

这个早上，在读完那个题目之后大早沉寂了，他的异样使众同事集体抬头，然后就看见大早的眼睛张得很大，脸涨得通红，片刻后他把报纸连同手掌劈向桌子，一个在大早嘴里鲜见的词被他恶狠狠地骂出了嘴："王八蛋！"

两分钟后，那条新闻被我们细细读过。半小时后我们得知，大早念出的那条消息距离事发当天已经过去两天，而且死亡孩子的人数远远大于那个数字。报上有一张一个老人抱着孙儿幼小尸体的特写照片，那双空洞的眼睛让我今生难忘。

我的一个朋友说，她很畏怯的一件事就是去医院看望生病的亲友。她说那比她自己生病还要叫她难受。如果她探望的人有胃病，回家来她自己会胃疼得吃不下东西，如果探视的人患有眼疾，回来的路上她就眼睛肿胀视线模糊了。

我相信她说的一切不是虚妄。对于灾难，我有本能的拒斥和畏怯，我的直觉反应是我不想看到，不想听到，灾难的阴影会让我心里有阴影，我会像我的朋友一样敏感、犹疑、质疑，最后我也会像她一样患眼疾、害心绞痛。

但是，当灾难真实发生在我的同类身上时，甚至罹患在我们要倾力保护的孩子身上时，我只能像大旱那样愤怒却又无处泄愤、哀伤却又无从哀伤；那些花儿，那些如花的孩子，他们的人生尚未真正开始。

这一天，大旱比以往更早地去接儿子，城市禁止摩托车入城。大旱早上上班来只得把摩托车寄放城外，晚上下班先绕道城外，再骑上自己的车去接放学的儿子。有爱牵着，大旱不嫌麻烦。

②

到了8月，我的女儿就11岁了，过了暑假，她就是一个小学五年级的学生了。

这样急急推算的方法是我女儿式的，对于成长，她总是踮着脚尖看到前面去。

上周，学校组织他们去一个军事基地训练一周。提前两天她就开始念叨，问我她离家的这一星期我会不会因为想她而睡不着觉。怕我反对她去，曲折地巴结我，告诉我去的种种好处。周五放学回家，手上拿着一大张纸的清单：是出行要带的东西。我笑着问她，干脆把妈也打包带着走算了。她很认真地看我，说，老师让学生自立。我想了三分钟也没想明白她话里的意思。第二天下楼也不让我送，急急跑下楼又匆匆回返，说是忘了拥抱妈妈告别，因为离家的日子要一个星期呢。

我想女儿不在家的夜晚我尽可以让日子简单，我不像往常那样费时费力地做晚饭，第一天这样过去。第二天当我独自坐在餐桌前的时候我忽然心慌，我不知道我教给她的，在没有清洁剂可用的时候洗干净自己饭盒的方法她用了没有，我担心不干净的饭盒再次使用会不会叫她肚子痛。忍到第三天的傍晚我给她的老师打电话，电话里，老师说，你放心吧，孩子刚训练完在那边休息呢，肯定没有在家里好，孩子不习惯也很正常，不要紧，不要紧。我很想从老师的电话里听见女儿的声音，哪怕是一群孩子嬉闹的声音，但是听不见。我就想：管得挺严的呵。

一周后女儿回来，小脸儿黑黑，明显瘦了，却像忽然蹿高了一节，叫我吃惊。她却说她的床高了，妈妈做的饭菜叫她的肚子饱了，嘴巴却饱不了。小嘴不停，忙里偷闲地说些训练的事情：一盆菜汤里打捞上四只苍蝇，水煮蛋里剥出小鸡，午睡时不敢说话，说话的人会被喊到楼道罚站军姿，日记里不能写不好的话，教官每晚要看，还要拍教官马屁……

　　从下午到晚上，我走到哪里，她跟到哪儿，尾巴似的，天没黑就问晚上她可不可以跟我睡，脸上的热切不忍拒绝。等得到满意的回答她立即欢呼一声，自己抱来她的枕头被子，放在我的床上，那是她回家的夜晚想要的全部幸福。

　　睡着前她还不忘叮嘱我，我那件袖口缀有蕾丝花边的衣裳要是明年穿着小了，就送给她。在她的想象里，我会跟她一样转眼长高，明年穿今年的衣裳就嫌短的。

　　在老家我母亲那里，女儿的成长确是以刻度记的。在我母亲卧室的门框上，一道道刻下的，是女儿从三岁到九岁的身高记录，她们每见一次面，门上的刻痕会多出一道。而女儿，每次回老家，第一件要做的事，就是拉着外婆的手奔向那道门。她们通力合作，快乐认真，好像她们做着的，是世界上一件最重要的事情。我知道，那道道刻痕，对于她外婆，是别后的回想，是可以映现眼前的细节，女儿不在眼前的日子，她会觉得眼前空寂。她们相逢的时候笑语喧哗，分别时总是泪水涟涟。

　　而今夜，我所能做到的，就是不等女儿来说，我就把她的小枕头抱到我的床上，并在心里说，妈妈今夜不写字，只陪你睡觉，再给你讲一个你爱听的故事。

3

　　听父亲讲，我在5岁时就能像鱼一样自在游泳，我的才能来自父亲近似于斯巴达克式的严酷训练。

　　老家的门前有一条滔滔大河，每到汛期，站在高高的山冈上也能听见河

第四辑
143
家园

水巨大的咆哮声，那样的夜晚连一向聒噪不休的青蛙也不叫了，睡在隔壁的爷爷不时就会"啊呀"一声："哪里垮憋子了？"那样的夜晚，别说大人，连小孩的睡也是半梦半醒的。

河水阻隔了此岸和彼岸的往来，学校在河对岸。水势过于凶猛连村里最好的水把式也觉得发烦的时候，我们就会心安理得地站在河的这岸遥望我们的学校。那时水把式就会看天，看我们头顶的天，再看上游的天，然后说，再过一个时辰吧。

这样的天气过河上学就像一个仪式，水性最好长得高大威猛的男人走在上水位，孩子们按个子的大小依次排定，最大的那个孩子的手被水把式紧紧拉着，次大的孩子被大孩子拉着，大孩子拉着小孩子，环环相扣……这样的队伍也不能太长，担心首尾不能相顾。在水边站定，水把式嘱咐：任何时候都不能松开对方的手；不要看水面，要看对岸；换脚时不许高抬脚，要蹭着河底走；站下水位的要跟上水位的保持平行；书包背身后、背紧。记住了没？记住了。我们小声答，手心直冒汗。再回头看目送我们过河的人，早都站满堤岸，不敢大声说话，怕惊了什么似的。

在这样的情景里，我的远在外地工作的父亲决心要让他的女儿游泳游得像鱼一样好。父亲用他极端的方式练就他女儿的能耐：在暴烈的艳阳下，把女儿的头一次次按到水里，学不会憋气？学不会换气？那就不许出来。父亲说，你会水了我就不那么担心。

对我的女儿，我也须像她的外公当年对她妈妈那样做吗？教会她游泳，游得像鱼一样好？我不知道。当你觉得可以依靠的保障其实脆弱得不堪一击时，我真的不知道我们应当教会我们的孩子什么。

就算我能教会我的孩子一出生就学会游泳的本领，大概还得再教她懂得避火术、遁身术，遇到阻隔时及时在身后长出可以带她暂时飞到天空的翅膀……这样的功夫，哪里求得啊？

此刻，我感觉到了想象的无力。

"是我走的时候了，妈妈，我走了。

当清寂的黎明，你在暗中伸出手臂，要抱你睡在床上的孩子时，我要说道：'孩子不在那儿呀！'——妈妈，我走了。

我要变成一股清风抚摸着你。我要变成水的涟漪，当你沐浴时，把你吻了又吻。

大风之夜，当雨点在树叶中淅沥时，你在床上，会听见我的微语，当电光从开着的窗户闪进你的屋里时，我的笑声也携着它一同闪进来。

如果你醒着躺在床上，想你的孩子到深夜，我便要从星空向你唱道：'睡呀，妈妈，睡呀。'

我要坐在各处游荡的月光上，偷偷地来到你的床上，趁你睡着时，躺在你的胸上。

我要变成一个梦儿，从你的眼皮的微缝中，钻到你的睡眠的深处，当你醒来吃惊地四望时，我便如闪耀的萤火似的熠熠地向暗中飞去了……"

这首《告别》是泰戈尔写于92年前的诗篇，收录在他的《新月集》里，那是他献给全世界儿童的诗篇。在诗人眼里，那些天真的、芬芳的、有着精灵一般智慧和淘气的孩子就是天上一轮熠熠生辉的新月。

我把它抄录在此，愿它为花，开满多座小小的坟茔，愿睡在那里的孩子不孤单；愿它为柔软的棉布，擦掉伤心母亲脸上滚滚的泪滴。

行 摄 贵 州

　　低低的云朵浮在半天上，如此的天空下，是贵州四月葱茏的青山，山倒影于清碧的江心，叫不上名字的花影树影，傍依在山影的边上，贵阳在那一刻让我想起杜甫的诗"黄四娘家花满蹊，千树万树压枝低"。深呼吸，满含着花香、树香、草香的空气饱胀肺腑。相见恨晚，我们和贵州一见钟情。

　　未去贵州前，贵州在我的想象里，是图册上黄果树大瀑布飞流直下三千尺的鸣响，是一块来自贵州石头城的蜡染上那宁静如月光的蓝，是红色文化带给那片土地深沉的余韵与回响……第一夜，当我们坐在贵阳大剧院观看《多彩贵州风》演出的时候，我看见一个集锦了的山美水美的贵州，看见岜沙、仡佬族、苗族、布依族、彝族等众多民族在那方神奇土地上孕育出的绚丽无比的文明。那一刻，我想，如前的那些符号都能用来注解贵州，但都不及真正的贵州丰富、旖旎、生动。

黄果树瀑布：以你为核做最美的绕行

　　"在远古，今天贵州这片山高林密、河流深远的土地还是一片汪洋。"在黄果树奇石馆中流连，仿佛能听见一个苍老的声音如此说。这个汇集着贵州本土古生物化石、水晶石、宝玉石的美石博物馆中最叫我喜欢的，是那些贵州龙、海百合的古生物化石。化石上，巨大的贵州龙在游曳，海百合张着花朵一般的触角。今天，定格了的贵州龙依然保持舒展的姿势，海百合如花朵悠然绽放……我们注视它们，隔着两亿年的时光。

天星桥风景区的每一块石头上，都留下水退去时的脚印，肥大的仙人掌占领了从前水到过的地方，远逝的水在石头上留下遗言，风在石头上书写，人在风、水、石合谋的精彩篇章前驻足流连，感叹造物的伟大，自然的力量。人们习惯匆忙的脚步在这里缓慢下来，体会从容的美妙，舒缓的美好，就这样，一步步地，诗意地丈量过那奇妙的自然长廊。

还有一些水留下来，穿越长长的纪元走到当下。你且听，远远传来的，可不就是大水跌宕时制造出来的巨大的轰响吗？

"飞流直下三千尺，疑似银河落九天。"站在黄果树瀑布下，总听见身边的人忍不住发出这样的赞叹。虽然心知那是赞美庐山瀑布的句子，但用在这里，依然是贴切的。

明代伟大的旅行家徐霞客施施而行，漫漫而游，某天他也像我们一样站在了黄果树瀑布下，这个很少使用惊叹句式的旅行家如此描述黄果树瀑布："捣珠崩玉，飞沫反涌，如烟雾腾空，势甚雄伟；所谓'珠帘钩不卷，匹练挂遥峰'，俱不足以拟其壮也，高峻数倍者有之，而从无此阔而大者。"

现代人用精密的尺度丈量过黄果树瀑布，测出它的体长与体宽：高77.8米，宽101米，还数出它是由大小18个瀑布组成的一个庞大的瀑布"家族"。入选吉尼斯世界纪录的时候，评委给它的评语是：黄果树大瀑布是黄果树瀑布群中最为壮观的瀑布，是世界上唯一可以从上、下、前、后、左、右六个方位观赏的瀑布，也是世界上有水帘洞自然贯通且能从洞内外听、观、摸的瀑布。

这正是黄果树瀑布的迷人处，在这里，我们上高山，入深林，穷回溪，透过黄果树的树叶看它，从楠竹的竹梢上看它，穿过几片嶙峋石头的鳞隙看它，越过一片茂盛山花的前景看它，黄果树到底有多少种样子？一步一风景，半里貌不同，怕是看的人也数不清了。惊呼着从水帘洞中跃身而过，在距离瀑布最近处听那震耳的轰鸣，看着它飞身而下，激情澎湃，冲突着去了远方。而在黄果树瀑布边上那个静谧安详、花气馥郁的夜晚，它仿佛又回来

了，那隐约在我枕畔耳边的，是它吗？不用描述了，我只记忆你。

在接下来的陡坡塘瀑布，我们把两者加以比较，在后者清澈的眸子里，我也看见先前那一个。

贵州仁怀：酒香里的茅台镇

名声响亮，香气袭人的茅台酒，就是不喝酒的人怕也听说过它的大名。

是先有了茅台酒，还是先有了茅台镇？问题可爱，答案众多。虽然茅台镇素有"川盐走贵州，秦商聚茅台"的繁华，但在1915年茅台酒在巴拿马万国博览会上荣获金奖后，茅台镇才真正声名远播。

酱香袭人，优雅细腻，酒体醇厚，回味悠长。有人这样概括茅台酒，据说仅是茅台酒的香气成分，就达110多种。这厚沉沉的、重重叠叠的香，却不是人为添加，而是全在反复的酿制工艺中自然生成。就是饮过茅台酒的空杯子，都能长久地余香不散。于是有人赞美茅台酒："风闻隔壁三家醉，雨后开瓶十里芳。"

赤水河从茅台镇流过，因为河沿岸密集的酿酒作坊，因此赤水河在茅台镇这段又称为美酒河。河两边，一直铺展到河谷的浓密林地边偶尔可见紫红色的砾岩，水通过两岸红层渗入赤水河，溶解了神奇的微量元素，据说这也成就了茅台酒的卓越。加之一次次在我国的外交、政治、经济中起着重要的作用，茅台酒被誉为中国的"国酒"，茅台镇也因此成为"中国第一酒镇"。

在我有限的饮酒的经验里，对酒好酒坏的判断，就是好酒喝了，即便喝多了，也不头疼。茅台酒的好，在我就是喝了不头疼，是喝多了一觉醒来脑子清亮得如在清泉里洗过的一样。

走出茅台酒厂，一个关于酒的博物馆像是一片清凉的巨大树叶忽然撑起在我们头顶。一枚熟透了的果子落进石罅的积雨中，某一天，路过的人从那汪水中发现了迷人的芳香。一钵剩的粟粒在偶然合适的温度和湿度中发出香气……从酒的起源，慢慢看到茅台酒的当下，我觉得一切的伟大发明，皆起源于偶然，却终归必然于人类的好奇心。

习水土城古镇：那抹玫瑰色的回忆

　　细雨蒙蒙的习水土城古镇在这个早上呈现一片安详的相貌。无边绿色蔓延过当年被炮火打焦了的土地，河水早已清理了血迹。细雨中，清凌凌地流向远方。从遵义会议会址到红军山，从四渡赤水纪念馆到中国女红军纪念馆，从实地勘探到影像还原，追溯一段历史，历史沉甸甸。穿过土城古镇青砖灰瓦的狭长巷子，我看见三角梅在一角屋檐下火红开放，我听见巷子深处有人叫卖苕丝糖的悠长腔调，我感到些许的慰藉与轻松。

　　我想起我的城市一个叫邢庆仁的画家，想起他的画作《玫瑰色回忆》。据说那幅画曾使当年的女红军在注目它的时候老泪沾襟。我看过那幅画，六个年轻的女红军在雪山草地之间，在浩荡大河前面，在密集炮火的间隙里，在艰难跋涉的小憩中，呈现难得的温馨一瞬，她们或眺望、或遐想、或沉思、或交谈，多么珍贵的、难得的、一刹那的轻松快乐模样啊。青春、美，女性的温婉细腻，那本该是她们生活的常态。但在随时可能到来的死亡面前，这被定格的一刻，显得异常珍贵。

　　土城古镇有个女红军街，红军当年路过这里时，这条不长的街道住过十几个女红军，故此得名。当然，这个镇子同时也驻扎着男红军，男红军中就有这些女红军的丈夫，在难得的上有片瓦、下有立脚之地的夜晚，女红军没有和自己的丈夫住在一个屋檐下，在艰难的辗转迁徙中，在今夜不知明早醒在哪里的漫漫征途上，不敢怀孕据说是红军夫妻不住在一起的一种说法，时光流逝，真相被时光淹没，但我相信这种说法，动容于这种说法。安静地孕育新生命，无疑是每一个长征中的中国女红军最大的难题，最奢侈的梦想。从贵州回来，我重新找来邢庆仁的画作《玫瑰色回忆》，我把目光长久地融进那片深远的草地之中，长久地停在那六个美丽的女红军身上。

　　我想起赤水的丙安古镇。我喜欢那建于宋代的石桥，也喜欢建于当代的

索桥，站在索桥上让沿河的风吹着，真是陶醉，我还喜欢屋檐下那些拉家常的婆婆，一点都不介意游人把她家堂屋当成穿堂。我想混迹于她们之中，听清他们说的是生活的欢喜还是愁闷。当年红军也曾在丙安古镇驻扎过，在街角一家豆腐店吃一块丙安豆腐的时候，我忽然想，当年，丙安古镇美味的豆腐也曾抚慰过红军辘辘的饥肠吧。我愿意是那样的。

贵州赤水：在桫椤的梦幻里婆娑生长

赤水市委宣传部部长马华介绍赤水的吃，说他们的食物有三大系列：桫椤系列——种类繁多的蕨类食品；丹霞系列——通红透明，散发松香气的腊肉；熊猫系列——数不胜数的竹食品。赤水的好，从食物上可见一斑。

在赤水的路上走，有一种难以言说的安定感，我归拢那感觉，就是可游可居。

赤水的色彩是明艳、娇艳、鲜艳的。灿若明霞的丹霞地貌，无边无际的青青翠竹，无处不在的涓涓清流……赤水市区森林覆盖率达到76%，景区森林覆盖率更是高达95%以上，在这里，人差不多就是生活在森林里的。在地球上濒临灭绝的，比恐龙还要早的桫椤，在赤水的森林中却能旺盛生长。森林涵养着旺盛的水源，真是山有多高，水就有多长。加上处在贵州高原向四川盆地的过渡带上，巨大的落差使大大小小的溪流飞白，让赤水拥有"千瀑之市"的美名。自然界的另一大奇观——丹霞地貌，也被天赐予了赤水，据地质学家分析，赤水丹霞正处在丹霞地貌的中年期。地球上最美的植物之一的竹子，在赤水更是普遍生长，能看见绿色的地方总能见竹子的倩影。春笋、冬笋、竹荪、竹荪蛋……不能一一列举，或许饭桌上你已经吃过，但现实里相遇，我们叫不上一一的名姓。

往抒情处说，赤水的每一缕空气都是被桫椤、竹子过滤过的，这里的每一滴水，都是矿泉水。我看见《贵州画报》做过一期"寻访贵州百岁老人"的选题，我看见那些已经活过一百年的老人，他们依然能够劳作在田间，依然眼神明亮，头发乌黑。到过赤水，我不惊讶，我相信，他们的健康与硬朗，是和赤水这样的空气、和赤水这样的水紧密相关的。

如果可以给自己选择一个故乡，那我就选贵州赤水吧。

西 欧 行 记

多雨的法兰克福

法兰克福给我的第一印象是多雨，道路两边的树干上悬垂着如瀑的碧绿苔藓。从机场上空俯瞰法兰克福，小巧紧凑，除了建筑物，剩下的是树。灰蓝的云朵低低浮在空中，虽是午后，却给人黄昏降临的感觉。在等待入关的时间里，雨来了，去了。来了又去了。法兰克福的雨，能随一片云来，会跟一阵风散。抒情得很。

据说法兰克福机场是全世界最忙碌的机场，来自世界各地的航班在此着陆，平均每分钟就有15架飞机出现在机场上空。作为德国的第四大城市，法兰克福是博览会城市，车展、图书展世界有名。德国汽车业发达，全世界著名的汽车品牌很多来自德国，在法兰克福的大街上，连出租车也是奥迪、宝马、奔驰，真是叫我们感慨。德国的高速路一律不限速，但是在大白天开着车灯驾车的怪事也只有法兰克福有，因为多雨多云，所以政府规定，凡是不出太阳的时分驾车要一律开着车灯。

飞机上与我邻座的留德北京女孩苏子告诉我，德国人认真而懒散，矜持内敛，不会轻易跟人招呼，闷。但他们恋家，以家庭为中心，因此节假日那

些独身的人会很孤单。

苏子的话叫我想起我们此行的德国司机杰瑞，每一次当我们在指定时间到达车边集合时，总见杰瑞已经在车前等候我们，他用英语问我"没麻达"是什么意思，他让我们看他装在钱夹里的妻子和儿子的照片，然后告诉我们，他45岁，他妻子25岁，他儿子七个月。他说他妻子是意大利人，然后他就用他的灰蓝眼睛看定我们，等待我们脸上出现他喜欢看的表情。

我喜欢德国人的严谨，他们对细节一丝不苟做到极致的认真。我从法兰克福带回来的是一把双立人的小水果刀，我用它切柠檬，刀片轻轻切下，薄如纸的柠檬一片片地切出来，柠檬的气息慢慢弥散，柠檬汁一滴也不渗出，果真好刀啊。

科隆，在教堂里想什么

后退。再后退。背抵石墙，我依旧无法把科隆大教堂的尖顶收入我相机的镜头。

科隆大教堂是德国哥特式建筑的代表作，作为"二战"最终战败国，德国的许多城市建筑在大轰炸中毁掉，科隆大教堂能作为幸存者留下，其一说，是因为塔尖的奇特造型和坚固的石材结构；另一说法比较有趣，说是作为盟军的某位高级指挥官，因为年轻时曾在科隆学习过，深爱科隆大教堂绚烂的壁画和宏伟的建筑，因此在那场大轰炸中，要求空军万万不可炸坏了大教堂。我喜欢这个说法，把这看成爱、美与力量的一次完美结合。

科隆大教堂动工于1248年，中间一度停工，直至1880年完成，前后历时600多年。以其157米高的两个对称塔楼荣膺世界最高建筑物的美誉。它不仅是科隆的骄傲，更是和巴黎圣母院、罗马圣彼得大教堂并称为欧洲三大教堂。

幽暗的教堂、肃穆的钟声、庄严绚烂的壁画、繁复的宗教故事、像深水游鱼寂然来去的修女、虔诚的祈祷者……我坐在教堂深阔的木椅上，此刻不是周末，那些望弥撒的人也不在来路上。我安静下来，我没打算拍一张照片，我并拢双腿、双手叠放膝上，我安静地坐在教堂里，感受心中的寂静，我很想许一个愿，可我不知该向异域的神求些什么。

但在那样的气氛里坐着是好的，我的心很安静很踏实。坐到不得不走的时候我走。我出来，细雨中，我闻见我衣服上有教堂特有的气味，阴晦、湿漉漉的。

一队放学的中学生在教堂前的十字路口等绿灯，我拍下她们向我笑的脸并给她看。我看见她们开心地大叫大笑。我想起《圣经》里的一句话：求主，让我的心里有光。

舌尖上的布鲁塞尔

一样说来就来的雨，一样的尖顶的教堂、哥特式建筑、被细雨洗涮的光亮的石街，行人稀少的街道。作为居于世界贸易要点、被称为欧洲的首都的布鲁塞尔一样古老，欧盟总部、北约总部都设在布鲁塞尔。和王宫广场市政大厅的富丽、广场的厚重历史、被誉为"拯救了布鲁塞尔的第一公民"尿童于连的神奇传说、万国博览会的著名建筑原子塔的壮观相比，布鲁塞尔留给我的印象，更为深刻的，是舌尖上浓郁的巧克力味道。

看完尿童于连的塑像回来，我们每个人的手上都拎着一大袋巧克力。据说比利时的巧克力因为选用上好的可可而口味醇美，闻名世界。买巧克力前导游一再叮咛，要买最原味的那种，至于原味的标准，在我的判断里，就是更接近刚刚出炉的感觉，我弃掉有着华丽包装使人不明就里的品种，我想把最美味最纯正的巧克力带回来和朋友分享。

当这些巧克力随我旅行回来后，已经浑身是伤面目全非难分彼此了。我不能把这样的巧克力送给朋友，只好把它们放进冰箱冰着，我每天减少它们的储存数量，整个四月，我的早餐都是一块搬下来像什么形状就是什么形状的巧克力，我在上班路上回味舌尖上浓郁的巧克力味道，想起越来越远的布鲁塞尔。

在阿姆斯特丹想起梵·高

荷兰在我的心里很遥远，每次想起的时候我总会把它和丹麦混淆，因此想，那里寒冷，冰雪晶莹，芬芳的劈柴终年燃烧在壁炉里，照亮严寒中诞生的童话。2006年的春天，我第一次在心里确认，荷兰是荷兰，丹麦是丹麦。丹麦是安徒生的，而荷兰，是梵·高的。

梵·高无数次到过阿姆斯特丹，他从那里去当传教士，在他一生都没有走出的困境中，那里曾使他心生温暖。他在劲风中走，大风吹落他的帽子，梵·高的帽子，它反复出现在梵·高的自画像里。在阿姆斯特丹，我看见梵·高在阿尔画下的那些画：夕阳下的播种者；收获时田野的美丽景象；他还画下开花的果园，画下太阳般明亮的向日葵……我在那些复制的画前流连，想起他作画时时而自信时而气馁的眼神。我看见街上那些穿风衣戴帽子的瘦高的男人，那些顶风弯腰费力蹬踏自行车的男人，那些仓皇追赶被风吹落帽子的男人，我总会想，100多年前，梵·高就是这样在阿姆斯特丹的大街上走着的。那些不笑的男人，他们和梵·高一样有着高鼻梁、深眼睛、瘦削脸、爱穿深色外套。

荷兰的畜牧业发达，荷兰奶酪生产和人均奶酪消费位居世界之首。大量食用奶酪使荷兰人身高连年递增，现在荷兰男人平均身高1.85米，女人1.75米。荷兰人正为他们不断增长的身高发愁。

我喜欢荷兰的风光，胖大的海鸟散漫在水淋淋的草地上，让人恍惚错认为羊群。一如从前在画片上看见的那样。还有我们住过的旅馆——游艇俱乐部，门外静泊着桅杆密密的船，一排小巧迷人的咖啡馆，在各个角落静静等待的暖色的灯，弥散家居气息的花布的窗帘，带雕花栏杆伸向海港的露台，站在露台上，听水鸟在幽暗中叫，一声远，一声近，一声高，一声低……我们在傍晚中来，在黎明中去，在心中留下一片幽暗的迷人颜色。

假如能像梵·高那样画，游艇俱乐部的幽暗剪影定会出现在我往后的画作里。

我可能还想画下一片有着金属蓝的海水，旋转不歇的风车、穿木鞋的农民，还有"花街"女郎那坦然无辜的眼神吧。

照片上的卢森堡

作为一个国家，卢森堡很小，但在欧洲人眼里，国无大小之分，一律平等。

从巴黎返回法兰克福，匆忙的行旅中，卢森堡只是我们的小栖之地。此前在导游手册上我读过一段文字：卢森堡是欧洲的绿色心脏，在那里，游人可以看到著名的阿道尔夫大桥和绿水长流白鹅游泳的卢森堡大峡谷，因为卢森堡人爱动物是出了名的，所以有专门铺设供小鹿走过的鹿桥……进入卢森堡时天已黄昏，车过阿道尔夫大桥，在桥另一端停下时已经是晚霞满天了。桥和峡谷都没有此前想象中的那般有气势，街市上几乎不见行人，店铺一律关着门，只把明亮的橱窗展示给夜行人，咖啡馆和酒馆也很冷清，守店的男子从门里看我们，眼神安详如羊，好像并不在意店门的冷清。

欧洲人的悠闲是那种基于高度文明和富裕之后的悠闲，据说在欧洲过得最惬意的当属农民，一年只种一料，机械化操作使他们有大段时光可以用来度假旅游，一路行来，那些空无一人的田野，安静的村子，如画的庄园，都跟我们在国内所见有很大不同。

晚饭依旧是在中餐馆吃，从饭馆高高的小窗望出去，黑森森的城堡顶上，是一角瓦蓝瓦蓝的天，恍惚想起，在哪里看见过的文字说，卢森堡有"千堡之国"之称。

现在看我在卢森堡阿道尔夫大桥边匆忙拍下的卢森堡，远比我当时看见的卢森堡明亮真切。

巴黎，还是巴黎

巴黎给我的印象是陌生中难以言说的熟悉。塞纳河的波流，巴黎圣母院

的钟声，凡尔赛宫的奢华和权谋，戈兰高地的炮声，倾斜的埃菲尔铁塔，香榭丽舍大街的华丽与摩登，左岸咖啡馆咖啡和艺术混合的美好气味，枫丹白露那走不出的胜景，卢浮宫艺术长廊中的徘徊复徘徊……似乎都在欧洲的历史、艺术史里，在雨果、大仲马、巴尔扎克们的小说里一一经见。

巴黎的优雅、巴黎的富丽、巴黎无与伦比的文化氤氲出巨大的只属于巴黎的气场，骄傲的巴黎人把巴黎以外的人统称为"外省人"。《幻灭》中，外省青年吕西安站在巴黎城郊的高地上对着流光溢彩的巴黎夜大喊"巴黎，我要征服你！"今天，徜徉在巴黎的大街上，我甘心做一个愉快的旅人，来过了，又心存美好的回忆走了。

在巴黎，我更多的是印证，印证阅读留给我的对巴黎的认知。无论是在卢浮宫、凡尔赛宫面对一幅幅壁画、一个个久远却依然生动的故事，无论是在塞纳河上远眺一座座久闻终于一见的胜迹，总能唤起似曾相识的记忆，恍惚却又怦然心动。

去过了巴黎才明白也只有巴黎才能涵养出约瑟芬、戴安娜那样的女人，我仿佛看见她们那给人无限幻想的背影旖旎转过某个街角，今天的空气中依然浮动着她们的香水味。

传说因为决绝地反对埃菲尔铁塔这样高猛的铁的材质建筑物出现在巴黎市区，莫泊桑搬家三次，发誓说要搬到坐在家里看不见铁塔的地方去住，当他某天现身铁塔顶端被记者反问时说：因为他发现只有坐在塔顶上才看不见塔。这是巴黎式的幽默，这种幽默只有身临巴黎之境才能领会得到。

离开法国的时候，同行者问我，一路行来，最喜欢的城市是哪座？沉吟之际，身边一同事模仿《罗马假日》中赫本的腔调朗声作答：都美！都好！都喜欢！但最最喜欢的，还是巴黎！

第五辑

花朵从不
灰心

商洛的味道

尊敬的先生：

从您那里得到出自我家乡的茶，真使我讶然而乐。回到家，我立即拆封，烧水，温杯，洗茶，冲泡，闻香，一股清新醇厚的栗香气立即萦绕鼻翼，深吸一口，真是舒畅肺腑。天竺绿毫、镇安象园、商南珍眉，产自商洛老家的绿茶，都有这股独有的栗香气。

我想，故乡是有气味的，比如这股栗香。比如故园那片茂密竹林在春天里吱吱生长的混合着旧年落叶与新年春笋的气息。故乡的气味也是厨房里正烹制着的腊肉所弥散的，混合着松针气息的腊汁肉香，是苞谷酒甘冽火辣的气味，是商山四皓在其《紫芝歌》中咏志的紫芝清寡的气味，是洛河源豆腐特有的豆香……那么多美好的气味混合在一起，复印我记忆中商洛的气味。

也许，这些气味是和我老家故园的那片茂密修竹有关的吧？和镇安木王广袤原始森林中那如彩虹一般的杜鹃花带有关？或者和商南金丝大峡谷中幽兰的芬芳有关？和丹凤船帮会馆檐下叮铃的铁马、丹江哗哗东去的河声有关？甚至和天竺峰顶的云海和松涛有关？和漫川、凤凰古镇那一街被月光洗亮的石板路、金钱河滩俯拾皆是的花纹奥妙的鹅卵石有关的吧？

是的，先生，因为假使金丝大峡谷中的大鲵和高瀑消失，抑或木王原始森林中消失了红豆杉、云豹和金雕的倩影，柞水牛背梁上不见了羚牛、麋鹿奔跑，那天竺绿毫、镇安象园、商南珍眉这许多的好茶里，还会有这股子好闻的栗香气吗？

我总是耐心地给外地的朋友推荐木王，我说你单是听听这地名，会不会就心生好感了呢？木王。在那里为王的，是木。水生木，有木为王，足见其水的好，有好水好木，人和动物又怎能不美不好呢？去过木王的人会由衷觉得这名字真是贴切、是名副其实。在那里的云杉和雪松下听泉、对弈，在饱含松脂和野花的美好气息里，念一句"松下举棋，松子每随棋子落"。似神仙矣。

谈论故乡一如谈论我们的母亲，不管这爱有多深沉，记忆的仓库里有多少封存，但依然会言语清简。好在您曾在商洛工作数年，对这片面积近两万平方公里、人口二百四十万的土地，土地上的民情与风尚，那里的高山与长河，植被与物产，我们是共同熟知并深有领悟的。您对那片土地也是深有感情的，您总说，有机会了要从容地再访商洛，自己驾车，携带轻简的行装和心爱的相机，去记录商洛的每一处美景，您说要去木王森林中寻访当地的土著朋友，去他家吃农家饭，睡被子里藏有太阳味道的木板床，看山里那又大又圆的月亮是怎样一点点把林溪点亮，微风入林，惊动谁家的狗的两声低吠。感受那久违了的安静。您说要去天竺山听松涛观日出，还要去商南金丝大峡谷探幽谷听水韵……除了这些，我想您可能还会在柞水牛背梁上的一户山野人家歇足吧？来的都是客，山里人待客总是热情周全的，他们会用腊肉佐苞谷酒款待您，饭饱酒微醺，没准您也会高声吟咏："莫笑农家腊酒浑，丰年留客足鸡豚。"体味"把酒话桑麻"的乡野村趣呢。在漫川古镇，您可以吃那里著名的"八大件"，品味蕴含其间的繁琐深远的饮食文化。茶余饭后，在斜阳的余晖里，去绕镇子而过的清浅河水中捡拾上亿年前形成的化石，既可消食，又有获得，何乐而不为呢！

我积极申请能与您同行同访商洛故乡，在我，那将是一件畅美心意的事情。其实，商洛于我们并不遥远，现在的西安人，不总比喻说商洛是他们的后花园吗？从前庭去往后花园，叫我联想到闲庭信步这个词。一条条高速路的开通，使以西安为起点去往商洛各个风景区的路程大大缩减至一到两个小时

内，真可谓"风来花落帽，云过雨沾衣"的风情依旧，"雪拥蓝关马不前"的慨叹只能去古诗里寻觅了。若您能从百忙中拾得半日闲，即可去往静候您的风景佳地。

现在，请您先在我的信里回味一回"秦岭里最美的地方是商洛"吧。

天热，愿您见字凉快。

|阿蛮，来洛南陈耳看红叶吧|

阿蛮：

这一回，我在商洛洛南，应俩仨朋友的邀约，到这里叫陈耳佛山的地方，看红叶。我答应过带你来我家乡，访你久慕的山水，只是我们的约定总和彼此匆匆的行色交错，真是无奈。

我只能在文字里让你看见我的所见。先跟你说我在的这个夜晚吧。

所有的夜晚都叫夜晚，但不是所有的夜晚都是相同的。比如这个星夜。一牙上弦月在佛山顶明净高悬，让我想起丰子恺的一幅漫画。篝火熊熊燃烧，烤热火边一个个人的脸，这些脸，哪怕是第一次相见，也会在瞬间由陌生变熟悉。这是乡村的力量，城里难有。我在瞬间觉得奢侈，但是幸福。我们围篝火唱歌，念诗，快乐好像就这么简单，但是我觉得久违了。即便最羞涩腼腆的人，在这里，在这样的夜晚，也会变得热烈好动，真是奇怪啊。阿蛮，我再次想到这词：奢侈。同时想起夏奈尔说：奢侈不是贫穷的对立面。心里安详而快乐。

我走到篝火的外围，我想看清这个夜晚的真正底色，结果我看见那么大而密密的星星，在我头顶或许是瓦蓝瓦蓝的天上，我仰头看它们的时候无端觉得它们也在看我，因为星星在我的仰望里更亮了，还有些闪烁，那不是星的眼波流转，意欲表达，又能是什么呢？

我们是傍晚从佛山下来的。在山下，在一面低缓的坡地的边上，一片那么青翠惹人的萝卜地出现眼前，我们像羊发现青草一样不顾所以，顷刻间，每只手上都沾上了萝卜的青翠和鲜甜。回头就见菜主人一家正在自家院场看我们，目光里是眯眯的笑意：吃吧，吃吧，你们能吃几个呢！阿蛮，一个水萝卜对我的感动在那一刻胜过一桌深海鲍鱼，我知道你是明白我的意思的。就像很久没有看见真正的夜空一样，很久我没见那个农家主妇那般的笑容了。慈爱，恬淡，掩着野菊和荷花的香气。美好得使我难以言传。

说山吧。山叫佛山，自然有关于佛的故事。但这里我不说佛，说山。山势绵延，是陕南秦岭诸山普遍生长的相貌。山上最多的我能认识的是橡子树，这是我从密密掉落树下的橡子果得出的结论，还有槲叶树，就是我老家人年年端午节用来包粽子的树叶，叶子在沸水里煮过的香气真最能疗思乡的伤。还有松，物竞天择，这片林子这些年保持着良好的野生态，没有一丝人为的痕迹，林木的错落，树影的斑斓，其和谐自然，美好大方只能在画里努力描绘。大松树下的小松树，大概春天里才从厚厚落叶下探出来，绿得那么单纯干净，不杂一尘，真是一幅儿童的样子，嬉皮，活泼，在我喜悦地看着他的时候，他访佛也要开口和我说话。我念了几句诗给松树和槲树听：松风响翠涛，槲叶烧丹灶，先生高眠人自老。

我知道你会问，既是去看红叶，看的是什么树叶红？

黄蜡木。开始我以为是。在我故乡的秦岭山中，每当深秋，深深山中扛出一面面红色旗帜的，最早一定是黄蜡木。叶片如燃烧的火苗，把整个山都能映红，那时候的天空仿佛因了这红，会格外的蔚蓝明澈，太阳在中天游走，是一天中最热烈的时光。那时候，黄蜡的香气就充盈了每一个山谷，人在其中走，只觉生长力气。如果是薄明时分，露珠还在叶片上闪烁着，你会发现黄蜡

木的叶脉是那么分明耐看，要是你愿意，摘几片带回去作书签，包管你的阅读也是芬芳的。

但这次看到的红叶却不是黄蜡木的，是五角枫、三角枫的叶子。枫树在高高的山巅、在每一道坡梁，默默长过深深岁月，现在正是根深叶浓，风光正举，跟这样的美景相遇，是人的良辰。从一树树火红下走过，我才明白当地举办红叶节的本意，只是为了把大美来和更多人分享。天有大美天不语，只因为人会流言。树木高茂，人在树下，仿佛身处树的美腿间，仰脸，我觉得世上最修长优美的身体，是属于树的。年复一年，树从脚下的地中生出叶子举过头顶再还给地，树和地一样慷慨，于是叶子积满在树下地上，是地的厚厚的毯子，是树的厚厚的毯子，也是人的厚厚的毯子。人躺在落叶的毯子上，想象一些美好的人事，但是想象断续不成篇章，因为躺着的人看见树在天上的倒影，虚幻又迷人。耳边风声又起，风吹树叶摇，其声真是又繁华又爽朗。

走出红叶的重围，我看见大片的苇草铺展在夕阳下，使眼前豁然开朗，使这片秋天的树林温暖中又有了清肃。

还会有些美好的相遇，比如和一只松鼠的，和两只雉鸡的。前者机灵。松鼠抱着一只松果在你的前面跑，却会猛然停下，回头看你，正在你开心得意，它却忽悠跳过涧谷，惹你空多情。雉鸡是最巫意的，难怪《诗经》里反复出现它的身影。和雉鸡相遇你别打算看清它，它永远是"扑棱"一声飞过，只把一道斑斓影子现你眼前，正在你枉自叹息，抱怨自己反应迟笨，它却偏又来招惹你，这会儿它又出现在不远不近的地方，对着你"关关关……睢睢睢……"地叫。

阿蛮，苏轼曾写梅花诗，说，酒醒梦觉起绕树，妙意有在终无言。山里的感受怕是只有身在此山中才能充分体会，还是像你从前跟我约定的那样，我欢迎你来我的老家看看，看这片山水，山水滋养出的人民，吃他们的糊涂面，喝他们的清泉水，你来过，看过，吃喝过，我们再谈感受吧。我周一回，回去我们再见。

|深宅里的女人|

旬邑的唐家院子现在作为旅游点向游人开放。但在400年前它的盛期，别说外人难以入内，就是里面的人，也不是谁想出去谁就能随便出去的。比如住在宅子里的女人们。

女人在最初肯定是被迎进门的，迎娶她的场面盛大、华丽，足以成为她往后岁月里的回想。那时，花正好，月正圆。红是深红，黄是金黄。唐家的门槛是那么的高，能进门的女人是荣耀的，她们或出身高贵，即便身世不那么高贵，也凭着非凡的才艺和美貌，吸引了唐家男人的眼光。

娶进门的女人或许会如秋后的团扇，或许正如冬日的火炉，但她们无一不是寂寞的。日子寂静如绸子上的花，明亮，但是冰凉。但女人心里是有方向的，那就是努力把妾身扶正，正的呢，依然要格外留神，要使这正永不旁落。女人还把希望寄托在自己的肚子上，她们祈祷上天赐给她们儿子，儿子是她们的秘密武器，女人抬头望天，天被屋檐夹挤得那么窄。

男人呢？唐家的男人是社会人，他更大的世界在屋子外头，家里那么多的女人争他的宠、他的爱，外面的世界又那么妖娆精彩地吸引着他的心，他的心，哪里够用啊。

望不见男人如风的身影，女人把叹息咬在红唇里，在暗影中徘徊，女人第一次觉得屋子里无处不在的檀香的气息是那么浊重。女人们没有在漫长等待的日子里结成同盟，她们暗怀心思，彼此怀疑，有力无处使。她们是一群，但

她们是孤单的。她们暗夜里留下的泪，只有偶尔入窗的无心的月亮看见。

朝宽处想，我偶尔会想，那些美丽的女人中，自会有一两个识字爱书的人吧？唐家的男人无论做什么生计，却都爱读书，因此这个家像不缺银子一样不缺书籍。女人的纤纤手指抚过那些线装的书籍，看上去很美。女人的目光落在她们男人目光落过的字上，手指感受着男人留下的余温，闻着一样的墨香，那颗被想念摇曳得慌慌的心，会有片刻安详吧？

寂寞的女人也会看花，花开在砖上，花在她进门的那天就开在那里，一开就是这许多年。花是最巧手的工匠雕刻上去的，一朵花费时半年，这比她们给男人绣花还要费心思费功夫，女人慨叹花的精湛和美，感慨生活可以如此讲究，花栩栩如生，却在诞生的那一刻就是死的，日子是深入到每个细节里的细致，但不生动。这都是命吧。大院里的一切都喜欢定格，因为定了格的东西缺少变数，让在外的人心安，一丝一缕，寸寸步步，都要在把握之中。

据说唐家院子鼎盛期占地百余亩，有千间房子。今天，多数房屋如当年的屋主一样在茫茫世事里消失了踪迹。至于女人们，更是冬夜烧过荒野的火焰，转眼无觅处了。我只能在深深庭院里的某一扇楠木窗前，遥想她们凝目时的样子，对着一堵雕花砖墙，想象一下她们当年转过墙角时的身影是怎样的暗香浮动过。

后来我在一个叫唐廷诏的人的诗句里偶然看见一个唐家女人的踪迹，看见一个修成正果的老母亲的模糊面容。唐廷诏时任山西芮城知县，传说为官清正，深得民心，儿子在诗里写入门见母的情景：相对忘言语，精神添几许，动容喜相询，早发从何处？

努力活到老，活到母以子贵时，那时心念单纯下来，也许会"霭若春风"吧。

|做好晚饭等你|

第一次做饭是在高中毕业那年，在等待大学录取通知书的那个暑期，想想为自己耗费了半生心血的父母，我决定从此做个孝顺的女儿。我唯一能想到的报答就是为父母做饭。我想让母亲下班后不是直奔厨房，而是直接坐到饭桌边上。

我立即就行动了。我先去书店买了一本《家庭厨房指南》，书里介绍了100道家常菜的做法。我接下来就去母亲的厨房，查看厨房里的储存，再对照书，发现很多菜是可能通过书上的辅导学而时习之的。

我做的第一顿饭是四菜一汤，严格遵照书上的指教，不敢有丝毫的篡改。四菜是蒜泥拍黄瓜、肉末烧茄子、干煸苦瓜、蚂蚁上树；一汤是甩袖汤。那天唯一的缺憾是忘了蒸饭了，于是我们家吃了一顿没有米饭的中餐。但那四菜一汤着实叫父母惊喜了一回，我永远记得母亲在那个正午进门后目光里的惊喜与欣慰，母亲说：我女儿长大了！

那个暑期结束的时候，那本书上的菜几乎被我实践了个遍，那些被家人共同喜欢的菜更是被我做到了精致。

再掌勺就是在许多年后，做饭给自己和一个男人吃。"那个人"经常性的评语是：你是一个典型的形式主义者，我们可以用一勺油泼成一碗面，用一碗烩菜拌一盘白饭，何必那么烦累呢？

烦累感肯定是有的，那时就很抱怨，怨这种日日三餐的劳碌浪费了太多

的时间，而那些时间是可以用来做多少更喜欢的、更有意义的事情啊。

忽然有一天，就又告别了这种早已习惯了的日子，不再为日日三餐而忙碌，看着自己忽然闲下来的双手，心中却弥漫着一种说不清的怅然的空虚。那时也想，平常男女的平常日子，或许本该就是那种琐碎、具体而实在的吧。

圣人说，治国若烹小鲜。把治国与烹小鲜放在一起类比，实在是有些深刻的道理。

我心知自己是个传统的人。我所能想象到的幸福生活竟然离不了如下画面：一面低缓的坡地上，一幢带有木栅栏的不大的房子，栅栏边长满了木槿花、玫瑰、紫藤、薰衣草……我穿着碎花点点的布裙忙碌，从栅栏里望出去，我五岁的女儿提着个竹编的篮子在草地上采摘蘑菇和野花，草地深处，一条马路蜿蜒而去，我的丈夫刚刚驾车而去，他会在傍晚归来，那时，我家屋顶的炊烟映在那一轮红红的落日边。而每一个早上，画面里的女子都会站在篱笆边殷殷相送，她说：我做好了晚饭等你！

至 相 寺

回来我在百度输入"至相寺"，三个字再次端庄地出现眼前，我暗暗吃惊。

周末出城，才知道在这个季节竟然可以有那么鲜艳的绿。那绿属于麦苗，鲜绿袭人的眼，惊艳。我为自己的疑惑找到解释：今年秋天雨水多，看来麦子长势喜悦。

去翠华山？南五台？

犹豫间，车已行至一岔道。出村的农人替我们出主意，再沿山往前开吧，下一路口往山里拐，那里有寺院，有大银杏树。

前行，果然看见路标：至相寺。华严祖师第57祖庭。我的全部认知就停留在这几个字上。

再行，看见寺庙的白墙在半山明艳的秋阳下静静地白。

寺庙不大，两进的深度，我用轻轻的步子丈量，在每位神面前安静伫立，体验那特殊的心灵空白。

我想起自己的愿望，有一段时间，我很想去山里居住，我请教一位法师如何做到，他回答，辟谷、闭关，不要一开始就给自己这样的难度，可以先去寺庙里，去那里体验一下，了解一下，再做下一步决定。他语气平定，既不肯定什么也不否定什么，但我忽然就看见了我的俗心。觉得难以做到。

来的路上，同伴再次说那个打动了他的小说《香火》。在至相寺，我遇见一个正忙碌在灶台上的香火。我不知道寺院的灶台是可以筑在廊下的。他在等待巨大铁锅里的水开，我就停下，站在锅边陪他等待，看他把青菜放在沸水里笊，我问他，像我这样的俗人，若是想在寺院里住一段，能做到吗？他的回答鼓舞人心：当然能。

我沉默，等他下文。

你可以先去前面大法师那里，了解一点寺院的规矩。

确看他和我说话，却不忘手上的忙碌，我再问：寺里的人，都有严格分工吗？

是。比如每天四点钟起床，诵经。一天里尽自己的本分。

我的思维停在四点起床这句话上。仿佛刚明白，寺庙里也过集体的生活。觉得遥不可及，以及这香火忙碌的身影在灶台的袅袅白雾中，也很杳渺。

香火年轻，英俊，语言极为流畅，他说每一句话仿佛都是正规的书面语言，极易使人懂得。但我，为什么如此茫然呢？

慢慢走开，带着我的茫然。走散了的同伴走过来跟我说，他想体验寺里

的斋饭，他想去吃饭。我说我看见那个香火做饭了，他们的菜蔬很少，我们不好意思去添吃饭的嘴。

我们在寺院后的山上吃了不知属于谁家的柿子，在山下一户农家吃了煎饼、烙饼、炒鸡蛋、炒小芥菜和糊汤。我茫然以为，我出家的路程还很遥远。

我在百度上得到这些内容：至相寺位于终南山天子峪，是佛教华严宗的发祥地之一。始建于隋文帝开皇初年，唐朝曾予重建。至相寺在隋唐时极盛，高僧辈出，后渐陵夷。宋元明三代兴衰无考。清代称国清禅寺，成为曹洞宗的道场。光绪二十年，西安卧龙寺方丈东霞禅师兼理寺事，竭力营构，一时托钵者极众。解放前后，寺院有两大山头，数百亩橡树林和数十亩山地，僧众三十余。土改时，尚有十三僧人，殿堂三十多间及菜地若干。"文革"十年，墓塔被毁，树木砍伐，庙宇坍塌，诸多珍藏荡然无存。

那个年轻的香火告诉我，现在住庙的人是二十二个。

山后的树还是橡子树，那些山地不知道属于山民还是寺院，我在别人和我自己拍摄的照片上看见晒在台基上的药材，以及堆在寺庙伙房窗边的鲜艳的南瓜和土豆红薯，我不确定我看见的别人的照片，是今年拍摄的，还是去年？彼此的照片色彩仿佛，景致相当。现在，至相寺，在我这里，仿佛还是表情庄重的三个字。

抬 头 看 佛

阿娇万里归来。

大概在地球那边饿坏了、憋坏了。带她吃什么她都由衷赞美。仿佛千万资产过着锦衣玉食日子的不是她而是我们。见她那么放肆地吃，才明白十年前飞走的"飞燕"归来却成"玉环"的理由，并不是汉堡牛排的错。吃吧吃吧。我们眼神温柔地说。这些天，只要醒着，耳边都是阿娇的说话声。我听着呢，你说吧说吧。

昨天，林带领大家去她工作交流过的耀州，说好去看那边的老家具，谁知道一顿被阿娇不断赞美的午餐后，三个人晕着头改了方向：礼佛去。好吧去吧，那就礼佛去。

佛在高处。车子盘旋而上，如鹰。我们的心忽悠忽悠的，在鹰的翅膀上。

深冬的山苍然，俊俏。山峰仿佛本是薄而俏的，但现在是否因了冬的缘故，有股子冷冽在气势上。天阴着，像是要下雨，没准会下雪，无论雨雪，都是人和山和树和草欢悦的。毕竟天旱了这么久。空气里有淡淡的泥土的味道。深呼吸，真好闻。从山下仰望山上，山如雅士手上半开的折扇，待到高处俯瞰，却是扇上墨痕半干的水墨画了。

一个殿一个殿地礼拜过去，阿娇都要长跪不起，我想这许多年，阿娇大概没有学会向异域的神倾诉吧。我悄然退出，在退出的时间里，耳边逮住大法师说给阿娇的话：求神就是求自己。

又听见一句：放在神这里，让自己安静，释然。

独自面向山谷站立。刚才微微的雨此刻变成细密的雪粒，穿过冬天树的枝叶急急坠落，在树底的枯叶上，发出簌簌的声响，是这一刻世上最美的声息。站到悬空的平台上，任那些雪粒掉进头发落在肩头飞进襟怀，我们彼此迎接，交换冷热。雾从谷底生，慢慢地盈了山谷，只露一角翘翘的飞檐在一片灰白之间。忽然听见林在身边说话：看上次我在这儿拍的照片——万道霞光中，翻卷的云朵飞来身边，伸手可及。我跟林说，要是能在此刻，能在这棵老松树下，喝一杯滚烫的铁观音，就是幸福。

我们在僧人晚课的钟磬声中归，怀着半明半暗的心思，在半明半暗的夜色里，飞驰。

阿娇的话再次在耳边响起……

我很想对阿娇说，亲爱的，上香的时候不说话。上香归来也不要说话嘛。

但我忍住了。我在心里对阿娇笑一声：说吧。

|忙折腾，梦一场|

写字，或者不写字。是我日子的两种常态。有些字帮我抵近我的现实，有些字，引我远行。我不能轻易说出我更需要哪个，更听从谁的差遣，我对它们都是认真的。我觉得认真能使我内心踏实安详。

我偶尔估量，我现在算不算是一个以写字为生的人呢？因为我赖以生存的全部都源于我写的字。我用我的字养活我的生活，并且期待自己能生活得更从容更自在些，无论精神，无论物质。我认为钱的最大好处就是能成全你做自己想做的事情，不做自己不想做的事情。

我的那些身处远方但在心灵上不一定远的朋友总会问：最近写什么了？那时，我多半会回答我此刻所在的方向，或者正做着的事情。我用现场报道的语气，像一个笨拙但卖力气的新手那样堆砌很多的虚词丽句，仿佛这样，电话那端的人就能闻见我呼吸的空气，看见我的看见，感受到我的感受。我不知道我为什么要这样。我想我是不是想给朋友证明我没有虚掷时光，我其实也在认真地积极地活啊。我觉得感恩生活比抱怨日子于人心好。我的夸大不意味事物本身是虚妄的、不存在的。我说出的是我的愿望我的理想我心中的真实。行万里路与读万卷书。这是我喜欢的生活方式，一个写字的人、一个期刊记者的生活方式，我对此认真负责的生活方式。

这一次，我在陕北。我依然在采访之余随心做话题外更深广的游走。我无意走进了一户人家的窑洞。春阳温暖，照耀着院场边枣树上一树细密的小黄花。主人高老太太，是这一地闻名的剪纸人。因为自知是不速之客，我们尽量不给主人太多的打扰。去的时候，却巧遇她正坐在自家炕上剪纸，一面大如炕席的红纸铺张开，纸面上展示着一个丰满奇异的世界：一棵硕大的树冠覆盖了画面上方，树上繁花压枝，枝上有鸟和鸣，树下，两个老汉正在对火，远处，一只狗正往这边来，小鸡在一老汉腿间啄食，一扇木格窗子启开半边，一个妇人探出头向外看……带我来的张部长小声跟我感慨我们的运气是多么地好，他说，高家奶奶年岁大了，现在不轻易剪纸了，平常可是想看也看不上。

抬头看见熟悉的张部长，高奶奶招呼我们炕边上坐，抬手擦眼睛，叹息一般地说：都是忙折腾，一场梦。

忙折腾，一场梦。这是生活生命的本相吧？但是，梦里梦外，我们依然停不下地忙折腾着。

即便写得不多，我仍在心里觉得自己是一个写字的人。在文字里畅快地表达，如处森林中的呼吸，是身体的，也是我心灵的需要。

想起老妇人的念叨：忙折腾，梦一场。

|花 开 花 落|

1

柚子在这里是指一个人。我的朋友。女朋友。

要说爱好，柚子的爱好就是吃柚子，爱把香雪兰当成一个季节的插花，把CD抹在脚腕上，可以花一千块钱买盈盈一握的睡衣，外套也许是外贸店淘来的，价值28元。

柚子漂亮，漂亮的柚子看上去生活得热闹鼎沸，柚子如果一个人安静地待一个晚上会使人怀疑她是否给外星人掳走了。

像风一样不能停歇的柚子却说自己是寂寞的。

寂寞的柚子说啊说啊，她说自己的愿望就是能遇见一个她爱也爱她的男人，那男人除了有爱她的心还要有爱她的能力，因为她想要的生活就是和她心爱的男人住在城外山坡上有木栅栏的房子里，跟他生一大群孩子，再把他们像羊似的在那片庄宅里放养大。按说柚子的理想也不算是太难实现，可33年过去，柚子还落脚在这个叫她说不上多爱又说不上有多不爱的城市里。她努力工作，在没有遇见命中的那个男人以前，她把自己养活得很好，她为自己挣来了房子车子，在看见她的人眼里她总是风光无限。时光如刀，却硬是砍不断柚子心中那份对"想要的生活"的向往。一场场烟花一样的爱情散去，柚子的脚站在一地纷乱的纸屑里，她的心却飘悬到了十丈红尘之外。

那天柚子作了一幅画，画面里，一个七分时尚三分古典的女子远远走来，她的身前身后都是纷飞如雨的春天的落花。柚子对自己涂抹出的杰作自鸣得意：怎么样，有才气吧！看的人却说，真是闷骚极了。

2

玄米是她所在的这个城市的另类，这是指她的生活方式。她的身份是双重的，白天她是一家影视公司的财务总监，每天有大把的钞票从她的手里经过，一份正经到了极点的工作。夜晚到来，玄米却是酒吧里的调酒师。身份变换之快教人难于想象。玄米对自己的生活有七分满意三分不满，不满的地方有些模糊，满意的地方却很清晰，这样一权衡，玄米就从未动过离去的心思。假如没有遇见她的丈夫老卡。

遇见老卡之后，玄米跟老卡去了北京，在一家出版社找了份编辑工作。编书的感觉很新鲜，玄米很努力，她愿意把工作靠近自己的内心，她选择文学价值，因此她的成绩不是很好，但玄米不久怀孕了。怀孕叫玄米把心思织梭在家和出版社那段不到一站地可以走着来去的距离之间。一种从未想过的生活方式突然降临到玄米的身上。须她全力应对。站在生活的角度打量玄米，玄米在其中扮演的角色再也正常不过。

除了从前那两份迥然的工作外，玄米还是一个很不错的作家，现在全力应对生活，就算写得越来越少，可她发表在世的那些文字还是被她的读者把玄米那两个字念来念去，这让玄米感动又百思不得其解。但活着是眼下首要的。看着儿子一天天长大，一天比一天逗人快乐，玄米想，这也许是生活对自己付出的另一种报偿吧。为了儿子，她早归，她学做饭，她讲究食物的科学搭配，坚持每餐必得两素一荤，准时给儿子补锌补钙，看见书上说味精不适合小孩子吃，她从此坚决炒菜不放味精。每天下班立即回家，吃过晚饭一家三口下楼散步，跟儿子玩捉迷藏，放肆地大声笑。然后一大一小拉着中间的那个小人儿的手，去门口超市买吃的喝的，一家三口吃了喝了洗了睡了。

有时候，从前的日子偶尔浮上心间，难免让玄米一时失落，但玄米是这样安慰自己的，出名真的就那么重要吗？晚一些出名，行不行呢？

天黑了。天又明了。

3

追溯到六年前，绿茶是陕南某市电视台的招聘记者，在招聘记者之前，她有在小城人眼里算是待遇不薄、闲适自在的公务员工作，但她听凭自己的内心感受，追逐未知的未来，带着家门的钥匙独自远行。

一次偶然的机会，绿茶来到了西安，落脚在一家广告公司，这是一个对绿茶有挑战性的工作，她像是一个在贫瘠之地上耕作的农人，虽然有披星戴月的勤奋，却总是收获微薄。那段日子是激情却又黯淡的。她寄身在小巷深处租来的民宅里。为了打发上班之外大片空闲的时间，更为了增加收入，她又在一家杂志兼职了一份不用坐班的工作。日子是忙碌的，忙碌到绿茶有时恨自己不能多长出一个脑袋，好让她一个用来想广告的创意，一个用来写一篇合适的文字填满杂志的那一个空白页。

低着头匆忙来去，回头眼见着自己脚印里开出花来。如今绿茶在这个城市有了属于自己的100个平方的空间，房子虽然是按揭的，但她能应对。日子顺心的时候，绿茶也会充满感念地对眼下的日子觉得满意，感激自己生命里遇见的每一个值得记忆值得感怀的人，那感觉叫绿茶的心里装满柔软。

为什么不感激呢？这个城市像绿茶这样的女子很多，很平常。一如你看见一粒尘埃自天而落。

绿茶现在最大的心愿就是有更加稳固的位置，更加稳定的收入，这样就能把跟着外婆的已经上二年级的女儿接来同住了。

|花朵从不灰心|

　　我小时候在乡下，倘使一个长相美丽、为人贤良的女孩子，阴差阳错地嫁给了一个乡人普遍认为不懂侍弄庄稼、心里不存农人本分的男人，我的善良的乡亲多会叹息一声：艳生生一朵鲜花插在了牛粪上！这差不多是好女嫁给孬男的一个最高级别的比喻了。

　　在我童年生活的果子沟，那句话像到处乱飞的苍蝇似的，时时瞎碰在人的鼻尖使人酸楚一下。我现在想，我那故乡的水土大概更养女人，要不咋会有那么多鲜花插牛粪的故事呢。

　　来看这一朵鲜花吧。

　　"鲜花"活泼好动，如果她不是正袅袅婷婷地走来，多半会是旖旖旎旎而去。看那厮跟在身后的男人，黑瘦正如鬼的影子，果然离牛粪的距离不太远。

　　对"鲜花"和"牛粪"愤然发表看法的，男人居多，说话的男人心中自觉比眼前的"牛粪"胜过千倍。可他们从来没有机会探问，他们眼里的"牛粪"，在"鲜花"眼里又是怎样的位置。

　　这一朵鲜花叫阿桃。她拥有遇见"牛粪"的命运。阿桃的"牛粪"在众人眼里是个肩不能挑手不能提，却有一颗巨大玩心的混混。这混混毫不含糊地被乡人定义为"牛粪"。"牛粪"忘了自己作为一个以土地为背景，在土里刨

食的农民应该守住的本分。他既不耕耘，也不爱收获。他只爱漫山遍野闲逛，寻找他眼里神奇的树根和不平凡的石头，再不辞辛劳地把它们带回家，在房前屋后堆砌怪诞的形状，直到把它们摆成他满意的样子。当他的满意度减弱的时候，他会不厌其烦地重新安排它们的位置。他爱它们一如他爱阿桃，这点儿谁都不会怀疑。只要你留意他的目光，你会发现他打量二者时，一样的目光明亮，似乎有一条跳荡着阳光的河流正在那里流淌。

阿桃呢？她安详地看着她的命运，怀着无人能懂的心情守口如瓶。

后来的某一天，我们村子来了一个陌生人，陌生人走进果子沟的春天，陌生人的奇言异行在果子沟炸开了锅，陌生人要出高价购买"牛粪"堆满前院后院的那些破树根和石头，那些看在果子沟人眼里是如此无用的东西。陌生人说出一个乡人耳朵里从来没有听说过的词，陌生人说，那些树根和石头，是"艺术"！

陌生人开的价钱足以让"牛粪"立即变得芬芳无比！但是反对卖那些石头和树根的却是阿桃。阿桃说：要那么多钱干什么？这些东西带走了，人的眼睛里会空荡荡的。

过去的日子里，谁也没有听到过阿桃评价过"牛粪"的好坏，阿桃的言说，无疑第一次表明她对"牛粪"的评价。

"鲜花"阿桃或许会让我的乡邻多一种思路看待问题：牛粪的好坏，花是知道的？

多年之后，在读到《昆虫记》屎壳郎那一章，心里觉得十分有趣。不觉想起故乡，想起记忆中只留印痕的童年往事，看见童年那片散着青草和泥土的原野上，那些勤奋的屎壳郎，在勤勉地搬着它们亲爱的牛粪。

却原来，对一只屎壳郎来说，牛粪也是上好的养料。

对一朵从不灰心的花朵而言，同样如此吧。

|雨中的事情|

雨

一声惊雷使此刻我坐着的阳台震动了一下。打雷了！亲爱的。我听见自己在对你说话。

此前，我坐在阳台上读小说，小说里，女主角要到田野上去，去寻找一株可以叫她忘情的仙草，她不可救药地爱上了一个人，但是，这爱给她的痛苦和甜蜜一样多，甜蜜只存在想象里，而痛苦是她要对抗的现实。

我在猜测你写这段爱情时的情景，雨幕遮挡在我对你的想象空隙里。隐约地，我似乎看见你也坐在自家的阳台上，在看雨。明亮的雨从你那道新安的淡蓝色玻璃门上倾泻而下，打在遮雨板上，发出一阵急促的响声。茶香缭绕在你的鼻尖，你沉思的眼睛黑白分明。

我没有赶上那场雨。和你走进那场雨中的是一个穿黑裙的女人。雨很大，她的裙子顷刻间被淋湿了，湿答答地贴在腿上。这暴露了她腿部的缺点，她的小腿看上去有点弯曲，这使她的膝盖格外前凸，还有点苍白。你们走在雨中，但你心神恍惚，还有些焦虑，你很想尽快到达一个可以躲雨的地方，但是，你不能不顾及固执地在雨中行走的女人。雨总算停了，我看见湿答答的你们在雨后的清新空气里，在不可多得的一道彩虹下亲吻。我同时听见你心里的叹息，因为你闻见她的嘴巴里有淤泥的味道。你的叹息使我连声窃笑。笑过之后我又差点掉泪。那淤泥的味道一直弥漫在我的记忆里，许多

年过去，都散不去。

一池蛙鸣

　　另一场雨发生在十年前。十年前的雨水很旺，且说来就来。而下雨的前兆就是池塘里的淤泥味道越来越重。

　　淤泥味是随着蛙鸣一起到来的，我家的院墙外是绵绵几里路的荷塘，还有稻田，从春天开始，暖烘烘的淤泥味道会随日日升高的温度越发明显。春天，外婆家的公鸡会率领一群小母鸡去池塘边捉蝌蚪吃，头一抻，尾巴一翘，一粒蝌蚪进了鸡的肚子，又一粒蝌蚪进了鸡的肚子，鸡在水中啄食蝌蚪的姿态从容，和在草丛中啄食虫子的姿势没有两样。等没被吃掉的蝌蚪尾巴脱落，变成青蛙，那些小母鸡就变成了大母鸡，公鸡变成了更大的公鸡，鸡们从池塘边返回，在院场上，日光下，公然恋爱。争风吃醋的事情虽屡屡发生，却没有一只鸡离群出走。

　　那时我站在一面池塘边，暮色渐浓，蛙鸣声渐浓，一点两点的萤火虫飞过来。那残留在荷叶上没来得及蒸发掉的雨珠，被活泼的蛙鸣冲撞，把持不住，栽进池塘。出淤泥的荷花的清香也暖烘烘的，像是残存着白天太阳的余热。那种经久不散的淤泥味道在记忆里，在我的鼻尖，甚至在我的嘴里再次泛起，这时我怀疑，我是厌恶这种味道呢？还是从来就没有讨厌过？

　　雨在下午到来。在雨到来的一小时前，我外婆就站在屋檐下预报："要下雨了！"她说是场白雨，"白雨三场"。我相信她的话，她对天气的预报比广播里的天气预报还要准。她对我说：你张开鼻子闻一闻，多重的淤泥味。而春天她会说，你闻闻风，风中都是雨的气味，就要下雨了。秋天若是有雨，我外婆会这样预报：闻闻多大的尘土味，就要下雨了。冬天预报下雪，她会说，雪就要来了，我都闻见雪粒子的味道了。问她雪是什么味道，她说是小孩儿从火塘边跑出去玩耍再跑回来的时候脸蛋上的味道。

　　你若是想吃青苹果你就站在这里等，要下雨了！我的外婆站在屋檐下预报。果然，外公的一袋烟没有吃完，雨就落在我家的院子里了。雨最早是落在篱梁上并从那里一路下过来的，我很厌烦我家的院墙，若不是它挡住我的视线，雨一路奔过来时身后的那条白线会更清晰。看不清，就集中精神听，先是一阵扑扑的沉闷的响，那是白雨点打在篱梁上的红土地里发出的声音，紧接着是飒飒的响动，是雨点打在对面玉米地的声音，紧接着的声音杂乱，诗人比喻那是"大珠小珠落玉盘"，我很担心急促的雨点会打烂了荷叶。雨过天晴，看见毛了边的荷叶我就知道那是骤雨弄烂的。正胡思乱想，就看见我家那棵高过了院墙的棕树突然震了一下，像是一个人突然的一个寒战，雨"哗"的一声就落在外婆外公和我站着的台阶前了。

荷塘里飘来愈发浓重的淤泥的味道。

屋檐下已难以立脚，我们退回到屋子里。

"扑通"，最少三两声，有时候会是四声五声六声，那是院中苹果树上那些大的苹果，被雨点击中落下。这些在雨中掉落的苹果，是我雨后的点心。

苹果

苹果。这时的苹果还没有成熟，但也能吃，早就可以吃了。苹果从花朵里暖出不久我们就开始吃了。从青涩吃到微甜吃到真正的有苹果味道。没熟的时候是淡淡的绿，熟了的苹果发白，嚼着发绵发软，外婆说像嚼烂棉花。我说是吃云朵。苹果泛白之后就是短暂的红，真正的"白里透红"。染上色彩的苹果不会太多，一棵树永远只有一只，是那些单枝开独花长在树顶端的最细枝梢上的果子。没有人知道为什么，这种果子，甜得"酿人"。

是的，这样的苹果，就是我要献给你的。就像在你的初恋故事里，你也曾经用一只红苹果表达过自己的爱情一样。

这样的爱情多半无疾而终。

我没有赶上多年前你和另一个女人一起走过的那一场雨。我只能退回到那一场雨之后，把生命里的下一场雨一遍遍回想。往后的雨也因此只和

你有关。

那些在雨中捡来的苹果我忘掉它们的味道了，而那只长在最细最高树枝上的苹果，我把它悄悄装进你中式外套的口袋里了。那只口袋，在我身体的左边，是你身体的右边。一只苹果，它一步跨越了我没有追赶上的十年时光。

雷声去远，我觉得我热切切的心，硬生生地被谁抛弃了。

我在你的小说里醒过来，我在我的思绪里醒过来。

午后的阳光从云朵里钻出来，刺痛了我的眼睛，我发现我的右手还停在书上的那一行文字上，书上说，那个女人要走到田野上去，她要去寻找一株可以忘情的仙草。

| 电 影 时 光 |

1

当年走到岁末，总有一些时间我愿意交付给电影院。当灯暗下，另一个世界亮起，现实退避到躯壳以外，我全心投入电影世界里。我喜欢这样的时光。

先是《山楂树之恋》。电影公映前，我看了小说，书是盗版，顺手牵羊来，从晚上九点到凌晨四点，我把书看完，然后重新洗脸，酣然入睡。后来我就去看了电影，走出电影院，满街纷乱的灯火使我倍感落寞，那一刻我想起张艺谋，想起他为电影不断上节目时候的表情。这时候我理解了他的表情，那是一种枉顾左右而言它的表情，幸好那样，这说明他是自知的。张伟平说，只要是他（张艺谋）想做的电影，只管去做好了，活到这把年纪，我要那么多钱干什么？只要是他愿意做的电影，我都会支持。

仿佛是和电影的苍白映衬，片尾歌却是如此的悠远，使人惆怅，我后来两次下载那首歌，想做手机铃声，愉悦往后给我打电话的人的耳朵，但两次下载的，都不是那首我想要的常石磊演唱的歌，现在，抄录歌词，再示喜欢：

> 当那嘹亮的汽笛声刚刚停息
> 我就沿着小路向树下走去
> 轻风吹拂不停
> 在茂密的山楂树下
> 风吹乱了青年旋工和铁匠的头发
> 啊茂密的山楂树 白花满树开放
> 我们的山楂树呀它为何悲伤

2

《无极》之后，我对陈凯歌有了警惕心，看他在这里那里一脸庄重地做《赵氏孤儿》宣传，我也没有急切要看的心情，却听身边不断有看过的人来说：别看了，没意思。好吧，我愿意相信他们的判断。

看《太阳照常升起》的时候，我说，爱也罢不爱也罢，太阳照常升起，因为姜文。那是《鬼子来了》里的姜文，甚至《寻枪》中的姜文，再退一步，甚至《太阳照常升起》时候的姜文。在《让子弹飞》中，我再次看清姜文：任性、霸道，不讲道理，玩心十足、才气满溢。但是，《让子弹飞》他玩得不好，空洞如电影中的枪声，甚至空洞到我连《太阳照常升起》里那总是骤然响起，经过特技后是那么惊心的枪声也一并忆起。

3

　　我还是觉得葛优在《非诚勿扰2》中的表演更像是大鱼回到海里，自在。《非诚勿扰1》的时候，我催促身边没看过电影的人去看，说，就是为了电影中那些完美的镜头，就该去看看电影。《非2》比《非1》的故事丰满些。有趣的离婚仪式，有趣的生前追悼会，有创意，有才华，值得在现实中推广。会不会由此催发一个产业出来？也没个准。

　　当所有的导演在旧纸堆中寻找灵感的时候，冯小刚用他的眼睛盯着现实，眼前景，眼前人，眼前的纠缠与释然，困惑与明了，失望与希望，就像一个波浪，跟着另一个波浪，紧密相连，难分彼此。

4

　　很多人，很多时候，在他年轻的、青涩的艺术时代，就不经意走到自己的艺术巅峰了，他往后只要还挪动双脚，就是往下走，就是在下坡路上。但人活着，怎么能站着不动呢。

　　尤其是艺术家，没有新作品出来，我们不说他，他自己也会不安，会自己为难自己。怎么办呢？

　　没有一棵美丽山坡上开满繁茂花朵的山楂树，那就要一个栽着绿萝的花盆吧。这或许是一个答案。

|爱或者不，太阳照常升起|

　　我先想到了海明威，他的小说就叫《太阳照常升起》。电影叫这名字也不赖。

　　我们总是喜欢从故事开始说，那好吧。电影是说一个女人的男人失踪了，她怀疑他不是人们说的那样，死了，而是为逃离她，制造了死亡的假象。但她没有他而他无处不在的生活还要继续。

　　我这样说，也未必对。

　　我在某一瞬间也觉得故事的逻辑混乱。姜文说，疯子是不老的。疯子也是不讲逻辑的吧？所以故事如疯子的记忆。破碎。跳跃。偶然灵光乍现，却那样逼近真相。我喜欢那个思维和容颜都定格在某一瞬间的"疯子"。她的世界诗意、阔大，她晚上的梦在白天可以变成现实，她疑惑，但她能找到答案，她无力把故事讲完整，但她把故事讲得才华横溢。她有能力说得比唱得还要好听。她撑着一片苇草荡向河心的姿势巫气而美，今生如能遇见那样的河我也会奋勇一试。和常人世界比，她打不通某种界限，这或者是她的不幸吧，但她又似乎比常规世界里的人要多出一份能力和幸福。

　　张艺谋在《英雄》公演后接受记者访问，说，很多年后，《英雄》讲了什么，可能没有观众记得，但你一定会记得两个着红衣的女人在金黄树叶间打斗的那个场面。

　　《太阳照常升起》中，我记住的细节不止一个。先是那五个喊"流氓"

的厨房女工高跷的光腿，还有密林深处那个用鹅卵石砌成的怪异的房子，像始祖鸟一样灵异飞翔的野鸡，巨大的穹门上静静悬挂的人……

不好好讲故事！有人批评这是当代中国电影最常见的毛病。巩俐说，现在拍电影已经不会再像当初拍《秋菊打官司》那阵正经去实拍些镜头了。在这部影片里，观众也许会说眼下电影的通病《太阳照常升起》里一样有。但你想啊，如果不特技，疯子怎么在树上翻飞如蝶，又忽然隐迹如魔幻啊？再说疯子也算小超人嘛，我小的时候就经历过自己耳语的话却有疯女在十米外应答，被她追得飞跑赶得鸡飞狗跳的经历。还有房祖名追疯妈，若是一步步真跑，还不跑细了双腿？他不神你也未必爱看，至于故事的跳跃与破碎，我的一位熟人是这样评价的：都按编年史的常套讲，这电影的新意在哪里？

他说他看了三遍，他是这样说的，镜头、用光、外景的选定、演员表演、讲述故事的方法，无一不美。姜文也听见过这声音吧？

爱也罢，不爱也罢，太阳照常升起。

咖啡杯里的德福巷

在西安，你若说：去咖啡街，听者会立即反应：是说德福巷吧。

多年前，阿曼就住在那条街上，第一次跟她去，就立即喜欢上了那条巷子。巷子是旧城改造后刚刚建起的，却是一次好的改造，两边的建筑显露朴拙古旧的风格，青灰的琉璃瓦棱，深褐的大方格窗户，街巷的弯折依着最早的那道建筑折印自然波转，该藏的藏，该露的露，重重叠叠，山重水复的悠长感觉……那段日子，只要阿曼说：和我一起回家吃饭吧？我会立即放下手上的活儿，跟她走。也为能在那条巷子里出出进进。

记得是早春，一街柳树垂下朦胧的绿意，细雨将落未落，微风里，有燕子斜斜剪过，是旧时王谢堂前的那两只吧？还记得是在夜里，大概春节刚过，两边的门廊里都挂出了红灯笼，亮出一街绮靡幽深的红，被上面深阔的门楣罩着，反身扑跌下来，落在一条斑驳的石板街路上。窄窄的一溜天空上，恰巧就显露着那一个月亮，十二三的月亮，将圆未圆，仿佛女子丰满的脸，空气里有暗香浮动，就有"呀"的一声在头顶上响过，又寂灭了，是楼上谁家的木格窗合上了吧？一时就显出了十分的静，只剩下两串脚步响，是我们半高的方跟鞋叩打在石板路上的声音。

后来就有了咖啡馆，一家、两家，在巷子口站着，跃跃欲试的表情，名字也怪的，叫"老树"，叫"香锅"。分明是星星点点的火，竟成了后来的燎原之势，几乎是一夜之后，就有了那么多："蓝山"、"罗马假日"、"时光"、"摩卡"……挤挤挨挨，就瘦了那条巷子。

瘦的巷子里却涌动着前所未有的热闹，有宝马裘衣的都市丽人，车门将开未开时倚门的一个回望，美丽得像四月的桃花瓣，明媚灿烂；也有布衣布裙的素面女子，裙影鬓角里留有太阳的味道，叫人想起那些阳光灿烂的青春日子，更有黑嘴唇红头发另类的女子，前卫的妆扮里是一颗再也简单不过的心……熙熙攘攘而来，以着"咖啡"的名义。

一杯杯喝过去，那么多杯咖啡浸润的午后，于是知道了曼特宁的中庸低调，巴西咖啡的苦，日本炭烧的焦煳会让我莫名其妙的心慌，意大利咖啡腾起的浅褐色泡沫像一段难以抹去的记忆，哥伦比亚咖啡的甘醇微酸恰似对一个不该爱恋的人的依恋，蓝山的细腻与绵长、老树的宽容与包含像来自于成熟女子的爱，她说：我理解你，我能够理解，可是我不快乐，你知道吗？

偶尔喜欢那种最本质的黑咖啡，没有伴侣，放弃了牛奶和糖，只静静张着那一杯浓深的黑，是诀别时也不倾诉的黑眼眸，白雾袅袅，是人去影消后才

渐渐浮出的泪光……此物易致失眠，反而叫人疲惫，而人生的某些际遇，却恰似一杯下午的咖啡。

咖啡当然是可以在家里喝的，因陋就简的一杯速溶咖啡，像常态的生活，或者买了咖啡豆回来，研磨、冲煮、过滤，给自己或自己喜欢的人喝，精致的杯盘调匙，恰当的光线，干净的音乐，咖啡馆里有的，家里都能找到。却并不能放弃对那条巷子的一次次踏访。在午后临窗的桌边坐下，那时该是咖啡店里相对安静的时间，邻桌的女子在诉说着"那个人"的种种不是，虽伤心欲绝，而她终是欲罢不能，对面的男人小心地捧上香气馥郁的纸巾，温柔恭让里是那种"我让你依靠、让你靠……"的纵容，而她的泪，却下得更像是夏日的雨了。

一张半大的纸票兑换一杯黑黑的咖啡，每每付款走人的时候，我总想起孔乙己的酒和茴香豆：喜欢，喜欢哉！

忽想，假如今生能开一家自己的咖啡馆，那该是多么有意思的事情啊！我要让许多的地下乐队在这里找到展露才华的机会，我还要为那些眼下困顿而来日终将绚烂的作家提供写作的场所，在这里，他们可以得到滚烫的咖啡，简单却又营养丰富的食物。许多年后，他们成名了，当年坐过无数个午后的咖啡馆老了，金黄亮色的回忆呀！

在春日这个多云的午后，我坐在这家叫"Dream"的咖啡馆里，遥想我那个开在未来时的咖啡馆。窗外杨花飞舞，像迷人的伞兵纷纷降落。

| 读 王 松 |

我在商州的时候，曾有一段和王松为邻的日子，在那个被戏称为"文化坑"的院子里。夏天吃过晚饭后，乘凉在廊下，和王松美丽的妻子杨琳讨论一块蜡染花布，是做裙子好看还是包包更美。王松安静地坐在我们的话题外，也不知他是听着我们说话还是早已经神出天外。

商州一别十年过去，某一天我们在路上相逢，得知两家在西安的房子竟然在同一小区里，不由人感慨唏嘘。

"喝淡酒，读闲书，莫谈世事烦我。"这是在商州时王松送我的一幅画上的题句，估计也是王松一段时间心境的写照。画中那个解衣盘礴、神情坦放的酒中人有三分像庄子，七分像苏东坡，我却把他想成是沉默的王松。

另一次，我看见一个红唇细腰、眼神嫣然的女子出现在王松的画纸上，女子姿态妖冶多情，神情娇憨素朴，迥然的品质聚合于一人身上，只叫我看着讶异。想，这样的女子，怕是只有到《聊斋》里才能寻见了。那一刻，我仿佛看见深沉的王松打开了一道心门，惊鸿一瞥，照见其间的一片旖旎。

王松的主业是山水画。他的画透着秀、透着逸。"风来花落帽，云过雨沾衣。"这诗句似乎就是用来形容他的画的。"路向泉间辨，人从树杪分。"这还是在说他的画的意境。"鸡声茅店月，人迹板桥霜。"即便是描画这样的凄清时分，也因为心有记挂有念想，使这在路上的人心里有归宿，脚步有方

第五辑

187

花朵从不灰心

向。"云横秦岭家何在?""试登秦岭望秦川。"那分明也是在说放笔直抒胸臆时候的王松。

王松的画是可以当诗歌、当散文、当小说来读的,每每品读,我都要在心中赞一声妙,叹一声好。他的画可使人入得其间,游历,不想走了,那就停下来,择个合乎心意的处所坐下吧。他在从容舒缓的笔调中传递着人的气息,人间鲜活的气息。生动,可以信赖的细节透露画作者本人心中的暖意,常使人会心一笑,心领神会。可能正因为这样,王松的山水给观者以温暖的人情味。和谐、自然,不是桃源,胜似桃源。

每一幅画从第一笔落下到最后一笔收起,在王松那里都是一次出发,也是一次抵达。王松慢慢打开自己心中的山水画轴,眼前立即云卷云舒,瞬息万变,哪一次能够全景呈现?永恒定格?一段段看吧!慢慢来。我似乎听见王松说。似乎每一次他都能有所领悟,有所发现,他呈现他的发现与领悟。心有所思,目光高远。如白居易诗云"我有商山君未见,清泉白石在心间"。那是王松面对自己的豁然开朗时分。

王松自喻为"闲人"。他说闲是从容、尺度,以及适度的距离感。他说绘画是闲人的事业,且应是心身俱闲的人的事业,因为身闲才能五日一石,十日一水,从容对待。心闲才能目寓八荒,思接千古,澄怀观道,物我两忘。那样的时刻才能手与心同,心与道通,人与天合。

王松说,思想、学识、修养,一直是他致力追求的。我把这理解为王松致力追求的艺术境界。绘画只是他的一种凭借,他在绘画创作中延伸自己的能力,扩大自己的空间。画纸尺幅虽有限制,但是王松画中呈现的心理空间,给予我们的想象力,却是辽阔的。王松喜欢庄子,这点他和庄子一样心知肚明。

关于写生,他这样论述:"写生就是写生物之生机,体察生命之奥妙,而不是仅给其形。中国画的笔墨纯炼既需要临古,更需要写生。欲立自己,需到自然中发掘自己对自然的独特感受,绘画不是为了表达象样式,而为表达自己对生命的体悟,是生命与生命的对话,是与天地精神相往来。"

王松有王松的高与远、精微与辽阔。